平安女子は、みんな必死で恋してた

イタリア人がハマった日本の古典

イザベラ・ディオニシオ

目次

装丁　名久井直子
装画　長崎訓子

平安京を騒がせたプロ愛人

和泉式部《いずみしきぶ》『和泉式部日記』

平安最強のモテ女

もう恋なんて、金輪際ごめんだ。目を閉じると思い浮かぶ、脳裏に焼き付けられた後ろ姿。しっかりと記憶に刻まれた言葉の数々。心がズタズタに傷付き、もう二度と修復できないかもしれないと心配になることだってある。「恋愛は、人生の花であります。いかに退屈であろうとも、この外《ほか》に花はない」というのは坂口安吾《あんご》の言葉だ。いくつになろうが、どんなに注意をしようが、誰だって恋に落ちてしまうもの。幸せになる人も、失恋から学びを得る人も、心も身体もボロボロになってしまう人もいる。人生いろいろ、恋もいろいろ、みんなそれぞれドラマを抱えているのだ。そうはいっても、ドロドロ路線を突き進み、昼ドラ並みの壮絶な人生を全うするというのは、凡人にはそう簡単にできることではない。

平安時代にはいわゆる女流日記文学が盛んに創出され、奔放に、そしてドラマチックに愛を生きた女性たちの姿がそこにありありと綴られている。その中でも和泉式部《いずみしきぶ》ほど欲望の道をとことん極めた人は珍しい。危険な情事のパイオニア、ドラマクイーンの草分け的存在と言っても過言ではない、感情の激しさと稀《まれ》に見る美貌は、歴史に名を刻んだこの歌人のトレードマークだ。

藤原道長に「浮かれた女の扇子」と私物に落書きされたことがあり、そのとき彼女は「アンタ、私の夫でも恋人でもないクセに……」というような意味合いの歌をその場ですらすらと書いて突っ返し、何事もなかったかのように立ち去ったという言い伝えもある。相手は時の権力者であり、雇い主でもあるので、そこまでダイレクトに反抗するにはなかなかの勇気が要る。まさに怖いもの知らず、そのエピソードからも和泉ちゃんの大胆な性格が窺《うかが》える。しかし、桃色事情に関してかなりおおらかだった時代にもかかわらず、お咎《とが》めを受け成敗されていたことから推測すると、彼女はただの恋多き女の次元を超えているということだけは確かだ。では和泉ちゃんの華やかな男遍歴はどのようなものだったのだろうか。

最初の結婚相手は橘道貞《たちばなのみちさだ》。「和泉式部」という女房名は、夫が赴任した和泉国と父の官名を合わせたものだ。普通ならこの辺りで恋愛市場を卒業し、習い事三昧のマダム生活を楽しむはずだが、和泉ちゃんの恋愛伝説はここから派手やかにスタート。どちらかが不倫したせいか、早くも夫婦仲が冷めてしまい、いつの間にか自然消滅状態。彼女には新しい彼氏ができるというところまではいいが、そのお相手は何と！　冷泉院《れいぜいいん》の第三皇子である為尊《ためたか》親王というチャラ男だった。受領《ずりょう》の娘、人妻で子持ちの和泉ちゃんは身の丈に合っていない人を好きになってしまったのだ。

その噂で宮廷が賑わい、和泉ちゃんは親にも勘当されてしまう。そして平安京に疫病が流行って、道路に死体が転がっているという危険な状態にもかかわらず夜遊びを続けていた為尊親王は、26歳という若さで帰らぬ人となった。大好きな人を失い、正体もなく泣き伏せる日々。ところが、もう立ち直れないと思ったそのとき、突然情熱の嵐が再びやってくる。恋しちゃう、だって女の子だもん。

美人で和歌の達人として人気を集めていた和泉ちゃんの家の周りには、いつだって求婚者がうようよしていたのだが、彼女はそこらの中納言や大納言で我慢するわけがない。次の恋人に選んだのは帥宮敦道《そちのみやあつみち》親王……そう、死んだ恋人の実の弟なんだ！

めくるめく禁断の恋

平安的不倫マニュアルこと、『和泉式部日記』には宮廷をびっくり仰天させたそのスキャンダラスなアバンチュールがつぶさに語られている。日記に記されているのは、たったの10か月ほどの間に起こった出来事なのだが、期間が短い分、密度が濃い。内容が内容なだけにページをめくるたびに濃厚で、馥郁《ふくいく》たる香りが漂う。冒頭はこのような感じ。

夢よりもはかなき世の中を嘆きわびつつ明かし暮らすほどに、四月十余日にもなりぬれば、木の下くらがりもてゆく。

（イザベラ流 超訳）

夢よりも儚いこの世の中……大好きな彼がそばにいないなんてイヤ！　嘆きながらなんとか生きているうちに、4月10日過ぎになってしまったわ。木々が生い茂り、木の下に広がる影が少しずつ暗さを増していく。

恋人を失って以来、時間が止まったかのようで、心の季節はいつだって真冬。しかし、周りの自然は少しずつ春に目覚めていく。帥宮からはじめての便りが届くのは、ちょうどそんなとき……。

運命の時計の針が動き出してゆく瞬間がはっきりと捉えられている。自然の目覚めは恋の目覚めのさりげない予兆であり、自然には逆らえないのと同様に、赤い糸で結ばれた二人の恋もまた道徳も規則も誰も止めることができない。

ここでは、単に「くらがりゆく」ではなく、「くらがりもてゆく」という表現が使われていることに注目したい。「もてゆく」は他の動詞の連用形につくと、「次第に……してゆく」「……し続ける」という意味を持ち、影が徐々に濃くなっていく様子と同時に、感情の微かな動きを表している。まぶしい新緑より、その下にゆっくりと広がる影が強調されるように文章が組み立てられているが、その端的な表現は既に作品全体の性格を描きとっている。これから展開される恋の物語は、悦《よろこ》びに満ちた日々の記録ではなく、美しくも儚く、メランコリックな想い出だ。

青々としている芝生をぼんやりと眺めているそのときに、人の気配がするのだが、それは亡き宮にお仕えしていた若者だった。亡くなった恋人と和泉ちゃんの連絡係を務めていたその人は、その後為尊親王の弟の下で働いており、今回はその人からのメッセージを伝えに来たという。

(女)「いとよきことにこそあなれ。その宮は、いとあてに、けけしうおはしますなるは。昔のやうにはえしもあらじ」など言へば、(小舎人童)「しかおはしませど、いとけ近くおはしまして、(宮)『つねに参るや』と、問はせおはしまして、(小舎人童)『参りはべり』と申しさぶらひつれば、(宮)『これもて参りて、いかが見給ふとてたてまつらせよ』とのたまはせつる」とて、橘の花をとり出でたれば、(女)「昔の人の」と言はれて、(小舎人童)「さらば参りなん。いかが聞こえさすべき」と言へば、ことばにて聞こえさせんもかたはらいたくて、「なにかは、あだあだしくもまだ聞こえ給はぬを、はかなきことをも」と思ひて、

(女)薫る香によそふるよりはほととぎす聞かばや同じ声やしたると

と聞こえさせたり。

（イザベラ流 超訳）

「働き口があってよかったわね。でも弟は故宮に比べると結構厳しいと聞いたので、昔みたいにはいかないでしょう？」というと「そういう面もありますけれど、とても親しみやすいお方ですよ。『あの人（和泉式部）のところに行ったりするの？』と聞かれて、『参ります』と答えたら、『これを持って行って彼女がなんというかを聞いてきて』とおっしゃっていました」と言いながら少年が橘の花を取り出したので、（女が）「昔の人の……」ととっさに呟《つぶや》いた。「では帰りますが、どのような返事をすれば良いのでしょうか？」というので、伝言だけだと失礼だし、「まあ、宮についてはまだ浮ついた話も聞いてないし、和歌ぐらいならいいでしょう……」と思って、「貴方は香りに想いを馳せてあの人を思い出しているけど、私はほととぎすの鳴き声が浮かんでくるわ。声はずっと変わらないものなので、できればその声をもう一回聞きたいな」というふうにと伝えた。

ふむ。まだ始まったばかりだが、早速偏差値の高そうな会話が繰り広げられる。注釈によると、帥宮が贈った花は『古今集』の「五月《さつき》待つ花橘《はなたちばな》の香《か》をかげば昔の人の袖の香ぞする」という歌に因《ちな》んだものだそうだ。和泉ちゃんは花を見るなり、「昔の人の……」と口ずさんだのだから、すぐピンときたわけだ。「おお、香りできたか」と頭の片隅に置きながら、「声」という変化球を返す。そして、それもまた、「いそのかみ古きみやこの郭公《ほととぎす》声ばかりこそ昔なりけれ」という別の『古今集』の歌に依《よ》ったものだ。こんなのパッパッと思いつくなんて、さすが凄腕歌人……。

帥宮の引用は、「この花を見て、亡き兄のことが思い出されないか」という問いかけになっているが、和泉ちゃんの引用に関して、学者たちの解釈が二つに分かれているそうだ。昔と同じ為尊その人の声を聞きたいという意味の他に、帥宮が為尊と同じ声をしているかどうかを確かめたいというもう一つの意味でも読めるらしい。後者の解釈を適用するのであれば、和泉ちゃんが早くも思わせぶりな返事をしているということになる。

どんなに研究を重ねても、同時代の人たちと同じような感覚を持つというのは無理なので、正解は神のみぞ知る。しかし、日記が書かれた当時でも、この記述の意味は果たしてクリアだったのだろうか。そのメッセージを受け取った帥宮は一瞬たりとも解読に迷わなかったのだろうか……。言葉を自由自在に操る和泉ちゃんのことだから、その気はないぞ！　と伝えようと思えばもっとストレートな言い方ができたはずなので、あえてぼかしているのではないかと私は思う。

海外の映画やドラマで、恋愛関係の話題になるとflirtという単語がよく出てくるのだが、その単語を日本語に訳すのは非常に難しい。欧米では、そのflirtというのは男女間のコミュニケーションにおいて大事な役割を果たしている。ナンパほど深い意味はなく、はっきりとした目的があるわけではないが、じゃれ合ったり、褒めたり、ちょっとしたボディタッチをしたりして、「あなたを異性として意識しているよ」ということを相手にわからせるための行動だ。『和泉式部日記』のこのくだりを読んだとき、その言葉が真っ先に頭に浮かんだ。この時点では彼女は帥宮に対してまだ好意を抱いているわけではないが、興味をそそるような返事を出している。さりげなく彼を見つめて、気付かれたら眼を逸《そ》らし、恥ずかしそうに見てなかったふりをする、みたいな感じ。そりゃあ帥宮はメロメロになるでしょう。

そしてメッセージを受け取った彼はすかさず……。

同じ枝になきつつをりしほととぎす声は変はらぬものと知らずや

(イザベラ流 超訳)
兄と僕は同じ枝に鳴いていたほととぎすのようなものだ。僕ら兄弟は声もそっくりだって知らないかい?

兄を偲《しの》ぶというニュアンスはもうどこにもない。口説き文句にしか見えない返事だが、それはきっと和泉ちゃんの狙い通りの返しなのではないかと思われる。そもそも最初の橘の花のナゾナゾを正しく解けていなかったら話がそこでストップしたはずだが、彼女は瞬時に解読できただけではなく、次のステップへのリードもしっかりと入れている。

ちなみに、為尊親王の話がはっきりと出てくるのは、ここ1か所だけだ。亡き宮との宿縁で結ばれているというような内容はちらっと後で数回出てくるものの、故宮の記憶が急速に薄れていくというのは確実だ。以降二人は口実をもうけて歌のやり取りを重ねていって、惹かれ合い、愛欲の世界に溺れてゆく。身分違いの恋がどれだけつらくて苦しいものであるか、既に知っているはずの和泉ちゃんだが、それでも流れに身を任せて心を委ね、為尊が亡くなって1年も経たないうちに、思い切って新しい恋に踏み出す。恋する女はやはり懲りないのだ。

弟くんは早くも攻めモードに切り替えて、もうナンパ以外の何物でもないやり取りが始まる。それに対してまんざらでもない和泉ちゃん。そして月が綺麗な夜、ついに帥宮がいきなり女性の家を訪ねる……。

〔……〕世の人の言へばにやあらむ、なべての御さまにはあらず、なまめかし。これも心づかひせられて、ものなど聞こゆるほどに、月さし出でぬ。

（イザベラ流 超訳）

〔……〕前から聞いていたからなのか、めっちゃハンサム！　こっちもドキッとしちゃって、緊張しながら話をする。そうこうしているうちに月が昇って、光が差し込んできた。

帥宮……来ちゃった。評判の通り、カッコイイ！　美しい景色を堪能しながら、二人はいろいろな話をして、少しずつ距離を縮めていく。そこで宮がだんだん焦りだし、入らせてよ！　と積極的になる。女性は少し抵抗を見せるものの、並外れた優美な様子を見て心の堰《せき》に穴が開いた。今までずっと寂しかった和泉ちゃんが自分に言い訳しつつも心の扉を開けてゆく……。

「かろがろしき御歩きすべき身にてもあらず。なさけなきやうにはおぼすとも、まことにものおそろしきまでこそおぼゆれ」とて、やをらすべり入り給ひぬ。

（イザベラ流 超訳）

「僕はそう簡単に外出できる身分ではない。もう自分でどうかしている、と怖くなるくらいあなたのことが好きで好きでたまらないんだ」と言って、そっと御簾《みす》の内側に滑り込んだ。

……ついに二人が契《ちぎ》りを交わすのだ。しかし、結ばれたからと言って、めでたし、めでたしというわけにはいかない。早速恋人たちの間に高くて厚い壁が立ちはだかる。それは戦争でも伝染病でもなく、地震でも台風でもないが、ある意味それらの災害よりも恐ろしいこと。ずばり、浮名《うきな》だ。

平安時代の貴族は暇なうえに、噂話が大好きで、特に恋バナで大変盛り上がっていた。身分違い！　禁断の恋！　となるとなおさらだ。陰口を叩かれたが最後、自由に出歩きもできないので、身の潔白を証明するのは至難の業。何せどこかの部屋から琴の音が漏れただけで、「あそこに絶世の美女がいる!!」という噂が流れて誰も疑わなかった時代なんだもの。

宮も、言ふかひなからず、つれづれのなぐさめにとはおぼすに、ある人々聞こゆるやう、「このごろは、源少将なんいますなる、昼もいますなり」と言へば、「また治部卿もおはすなるは」など口々聞こゆれば、いとあはあはしうおぼされて、久しう御文もなし。

（イザベラ流 超訳）

宮も、この女のことをそこまで悪く思っているわけではなく、一緒に過ごしたいとも思っているけど、ある人は「最近、あの女のところには源少将が入り浸っているそうですよ。昼間もそっちにいるらしいよ」と言い、別の人もまた「治部卿も通っていると聞いたよ」など、口々宮に言いふらしているので、とても軽い女だなと思い込んでしまって、長い間便りがない。

この箇所以外にも、和泉ちゃんに付き纏うファンたちの話がよく出てくるのだが、ここで言及されている二人は歴史的人物として特定されており、それぞれ源雅通《まさみち》と源俊賢《としかた》というのだそうだ。『和泉式部集』の中では、源雅通との交際を裏付ける記述が残されているらしく、もしかしたら彼女は完全にシロではなかったかもしれない。しかし、この二人に限っていえば、名前が明かされるからこそ、その交際自体をなかったことにしたいという和泉ちゃんの意図が透けて見える。当事者はこのような書かれ方をされてどう思ったのかが気になるところ。

恐ろしい浮名のせいで、二人はくっついたり離れたり、男は疑い、女はむっとして、女は拗ねて男は燃え上がり……かなりじれったい恋のダンスが展開される。『和泉式部日記』の中にしっかりと記録されている歌のやり取りがまさにそのじれったさを物語る。その数はなんと100首以上にも上るのだ。もう早くしてよ〜と読んでいる現代人が痺れを切らしそうな状態。それでも、行きつ戻りつ、二人の恋は確実に深まっていく。

この不安定な状態に疲れ果てて、ついに女は出家すると言い出して石山寺というところに籠《こも》る。そうは言っても、浮世を捨てる気はさらさらないという感じで、朝から晩まで彼のことばかりを考える。当然のごとく、束の間の寺籠りにあっけなく終止符が打たれる。

（女）山を出でて冥《くら》き途《みち》にぞたどりこし今ひとたびのあふことにより

（イザベラ流 超訳）

山を出て、真っ暗な世の中に戻ってきました。あなたに、ただあなたにもう一度逢うためだけに……。

仏様のいる明るい山を出て行って、恋を選んだ和泉ちゃんはもう破滅の道を歩んでいく覚悟を決めている。ここからは二人の仲は一層深まり、行動がさらに大胆になる。女性が外出することはめったになかった時代に、男と二人で牛車《ぎっしゃ》を乗り回したり、外でお泊りしたり、彼の家に上がったり、髪の毛ぼさぼさ着物がしわくちゃの朝帰りをしたり……空前絶後のことだろう。

プロ愛人の「自作自演」

アバンチュールの時間は心臓がキュンとなる出来事の連続で楽しくもあるが、帥宮はずっと遊んでいられるような身分ではない。そこでまさかの提案。うちに来ないか、と……。しかし、それは決してプロポーズではない。まず、権力もあって、ものすごくカッコよくて、和歌のセンスも抜群というような優良物件は独身なわけがない。それに、和泉ちゃんはただの受領の娘なので、たとえ第二夫人としても、帥宮との結婚は絶対に許されない。「うちに来る」というのは、つまり愛人兼召使としてということだ。これ以上の侮辱があるのだろうか？　毎日帥宮と時間を過ごせる半面、自分のプライドを捨てなければならない。当然、女心はかなり揺れる。だが、やがて恋にすべて委ねることを決意する。

さて、これで一件落着かと思ったら、今度は帥宮が出家すると言い出すではないか！　ここまで来たのにぃ……と読者はがっかり。しかし、帥宮の出家宣言も一種のパフォーマンスに過ぎない。欲望をすべて忘れて、仏様に人生を捧げるなんてできっこない。

案の定、出家のことなんぞすぐに諦めて、和泉ちゃんを家に迎えることに。それは12月18日のこと。一緒に住み始めて、面倒な移動をしなくても済むし、咎める人もいないし、まるでパラダイスにいるかのように二人はただただ愛し合って、語り合って、二人だけの貴重な、幸せな時間をたっぷりと味わっていく。だが、それを面白く思わない人がいる。帥宮の正妻こと、北の方。

(北の方)「しかじかのことあなるは、などかのたまはせぬ。制し聞こゆべきにもあらず。いとかう、身の人げなく人笑はれに恥づかしかるべきこと」と泣く泣く聞こえ給へば、(宮)「人つかはんからに、御おぼえのなかるべきことかは。御気色あしきにしたがひて、中将などがにくげに思ひたるむつかしさに、頭などもけづらせんとて、呼びたるなり。こなたなどにも召し使はせ給へかし」など聞こえ給へば

〔……〕

(イザベラ流 超訳)

「女を連れてきたそうですが、何故私に一言も言ってくださらないの？ 別に妻の私はどうこう言えるわけではないですが……あまりにも侮辱的な扱い、周りの人はみんな私を笑いものにしているのよ。もう恥ずかしくって……」と北の方が泣く泣く話している。それに対して宮は「新しい召使を使うのは、貴女の信頼がないとできないでしょ。あなたの機嫌が悪いから、こっちの侍女も俺を嫌っていることだし。

髪をセットしてもらおうと彼女を呼んだんだ。こっちでも使えばいいんじゃないの」
というのであった。〔……〕

何その言い方⁉　帥宮、ひどくないか？　和泉ちゃんかわいそうだし、正妻も気の毒。北の方の姉は皇太子の妻で、妹がこのような扱いを受けていると知り、出てきちゃいなさい！　と妹を説得する。やがて北の方はもう耐えかねて、家を出ることを決意。そこで、華々しくフィナーレ。

宮、入らせ給へば、さりげなくておはす。（宮）「まことにや、女御殿へわたらせ給ふと聞くは。など車のこともものたまはぬ」と聞こえ給へば、（北の方）「なにか。あれより、とてありつれば」とて、もののたまはず。

〈イザベラ流 超訳〉
宮が部屋に入ると、北の方は何事もないような様子だった。「お姉さんのところに行くと聞いたけど、それって本当なの？　言ってくれれば車を用意したのに」と話し、北の方は「今さら何を？　あちらからお迎えが来たので」とだけ答えて、それ以上一言もしゃべらなかった。

ひぃーっ！　この臨場感溢れるシーンで『和泉式部日記』は突然幕を下ろす。

別居寸前の夫婦が目の前にいるかのような感じだが、よく考えてみると、和泉ちゃんがなぜそんなことを知っているのか、と疑問に思う。まさか障子の隙間から覗いていたわけではもちろんない。そうなると、可能性は二つ。一つは帥宮から話を全部聞いた（男最低！）。そうじゃなければ、もう一つは……和泉ちゃんが最後の顚末《てんまつ》を自ら創作したということになる。しかもここだけじゃない。浮気の噂を帥宮の耳元に囁いている人たちの話、女のことを忘れられず眠れない夜を過ごす帥宮のそわそわしたご様子、北の方とその姉との手紙のやり取り……ここまできて、和泉ちゃんが知るはずのない内容が結構あるじゃないかと気付く。

『和泉式部日記』は今「日記」と呼ばれるけれど、元々は『和泉式部物語』と呼ばれていたようだ。和泉ちゃんが自分のことを書いているというのは周知の事実だが、日記は三人称で書かれており、主人公は名前がわからないとある女という設定になっている。いずれにせよ、日記だろうが、物語だろうが、面白ければ信憑性《しんぴょうせい》を問わないというのは平安時代の女流文学のお約束事のようなものなので、それに対してとやかく言う人はきっといなかっただろう。『和泉式部日記』は愛人の真実、和泉式部自作自演の不倫のすべてなのだ。

恋愛は勝ち負けではないとよく言われているけれど、この作品を読むと、和泉ちゃんは勝利を収め、北の方はぼろ負けという結果を認めなければならない。その一部始終を文章化することによって和泉ちゃんの勝利は今も色褪《いろあ》せない迫力がある。北の方の身にもなってみてよ……。

しかし、悲しい結末が待っていた。恋人たちが同棲を始めて5年後、敦道親王（帥宮）が死んでしまう。『和泉式部日記』は帥宮の死後、作者が喪に服している間に書かれたと推測されている。

「本命」は誰だったのか？

この作品の中では女が極力控えめに描かれており、かわいそうな主人公は詮方なくいろいろな試練を乗り越えなければならない。そのなかで、稀ではあるが表面化する女の積極性というものも看過できない。冒頭の橘の花の一件もそうだが、小悪魔的な駆け引き術が披露されているエピソードは他にもある。

たとえば5月5日の頃、川の水が増したということで、宮は女に歌を送る。当時の常識の通り、女はそれに対して返歌を送るのだが、紙の端に「かひなくなむ（言葉だけじゃ足りないよ）」とそっと書き添えて、つまり歌ばかりではなく、どうか宮様御自身が私のもとへ、といった誘いが込められているわけだ。女性が薄暗い家の中で男性が忍び込んでくるのを待つことしかできなかった時代では、その積極的な働きかけは珍しい。和泉式部の伝説の所以《ゆえん》は、恋人の人数でも、禁断の恋でもなく、その大胆さこそだったとも言えるであろう。

さらに、和泉ちゃんは帥宮にだけ色目を使っているわけではない。作品を読み進めるにつれて、私たち読者はどんどん彼女に魅了され、ぞっこんになる。好きになってはいけない人と恋に落ち、一途な想いに生きているにもかかわらず悪い噂で苦しまされ、召使という侮辱的な立場に置かれても嫌味の一つも漏らさず、ただただ愛を信じ続ける……情熱的で美しく、誠実で純粋、愛しくて可憐。言葉の魔術師だった和泉式部が作り上げているのはまさに理想の「をんな」なのだ。

創作だと思われる記述のほとんども、その理想のイメージを裏付けるものになっている。何もしていないのに噂されている女、宮一人だけを愛しているのに疑われている女、大好きな彼から召使くらいにしか思われていない女……。「なぐさめずは、つゆ（あなたの慰めの言葉がなければ、露のように消えていく私）」という言葉が日記の中にあるのだが、大胆な行動をする女性であると同時に、手を貸したくなるようなもろくて、頼りない側面もある女性として描かれているのだ。苦悩のあまり泣き伏せているヒロインと一緒になってこちらももらい泣きしそうになる。しかし、目がウルッとしてきたところで、和泉ちゃんが媚《こび》を売っているのは誰なのかという疑問が頭に浮かんでくる。日記の制作当時、帥宮は既に他界しているので、彼に向けたメッセージではないし、まさか1000年後にも読まれているとはきっと本人も思っていなかったので、私たちに向けた赤裸々な告白でもない。では和泉ちゃんが想定していた読み手は一体誰だろうか。

書くことで苦しみを癒やし、帥宮との恋は本物だったと、噂をしていた人たちにそれを証明したかったという気持ちはきっとあったと思われる。だが、それにしても『和泉式部日記』はかなり読み手コンシャスな作品になっているので、特定の人がいたのでは……と妄想を膨らませて深読みしてみたくなる。

和泉式部は夫と離婚して、親に勘当されて、恋人二人にも死なれている。遠い親戚を頼ることができたかどうかは不明だが、この時点で後ろ盾になるような男性がいなかったと考えても差し支えないはず。つまり、彼女は路頭に迷うところだった。執筆の年代がはっきりしないので断定するのは難しいが、和泉ちゃんが中宮彰子《しょうし》の女房としてスカウトされたのは、おそらく日記が宮廷で読まれ始めた後だったという説が有力。摂関政治が全盛期を迎えていたそのとき、政略結婚が盛んに行われ、当時の男性の出世は親族の女性の恋愛力次第だった。駆け引きの達人、ときめきのマスター、言葉のマジシャン……摂政関白の座を目指す藤原道長が、娘彰子の文化サロンの一員として和泉式部を雇いたくなった気持ちはすごくわかる。

『和泉式部日記』はもちろん正真正銘の愛の物語だ。愛の罠にどっぷりハマっている二人の恋人の荒い息遣いは和歌の応答一つひとつを通して、リアルに伝わってきている。だが、それと同時に、それは愛に人生を捧げた和泉式部の立派な履歴書でもある。彼女は文字通り命そのものを消費して、愛にかけたのだから。

恋多き女だった和泉式部の晩年についてはほとんどわかっていないが、百人一首にこの歌がある。

あらざらんこの世のほかの思ひ出にいま一度の逢ふこともがな

自分はもう長くないとわかり、「あの世への思い出に、あなたにもう一度だけ逢いたい」と詠んでいる。モテモテだった彼女が最後に逢いたかったのは誰だったのだろうか？　遊び人の為尊親王なのか？　それとも帥宮敦道親王？　または数々の愛人の一人なのか？

「愛こそ人生」をモットーに生き抜いた歌人和泉式部には未練や後悔などなかったはずだ。最後にもう一度逢いたかったのは、昔の恋人ではなく、新しい恋なのではないかと思う。あの美しくて切ない気持ち、夜も眠れない緊張感、胸が締め付けられるほど好きという感情をきっともう一度味わいたかったのではないだろうか。どんなに長くて寒い冬でも、その先には必ず新しい春が巡ってくるものだから。

ヲタク気質な妄想乙女

菅原孝標女《すがわらのたかすえのむすめ》『更級日記』

読書はキケン？

一般的に読書は良いことだと言われているが、度が過ぎれば多くの危険が潜む。

日本ではあまり聞きなれないかもしれないが、「ボヴァリズム」という単語がある。フランスの文豪、フローベールの代表作『ボヴァリー夫人』から生まれた用語で、不可能な幸福に憧れ、実際よりもドラマチックな人生を夢見るという人間の本性の一つを表しているという。単語の由来となっている作品の中でははっきりと書かれていないが、その行き過ぎた妄想の主な原因はそもそも小説の読みすぎという解釈もできる。

ボヴァリー夫人ことエンマは子供と夫に恵まれているにもかかわらず、独身時代に読み耽《ふけ》った小説と同じような情熱的な愛を思い描くあまり、自らのありふれた生活に早くも幻滅し、夢と現実の狭間で日々苦しんでいる。刺激を求めて、エンマはやがて不倫に走るが、多少のスリルは感じられれど、得られる満足感はいつだってイマイチ。ハンサムな人を見かけては恋に落ちるものの、相手は所詮田舎暮らしのつまらない男たちばかり。それでも諦められず完璧な愛を求め続ける彼女だが、迷走の果てに待ち受けているのは破滅という厳しい現実だけである。夫のささやかな財産が底をつき、借金と不倫の地獄に追い詰められた末、人生そのものに絶望したエンマは毒薬を飲んで自ら命を絶つ。嗚呼、切ない……。

しかし、最後まで目が離せない展開を読み終わって、ハッと気が付く。フィクションの世界にのめり込みすぎて人生を棒に振った人の話を読んでいるのに、最も魅力的に描写されるのは「悪」であるはずの非現実的な夢とそれを語る小説そのものである。つまりフローベールは読者の私たちを実験台として使い、言葉の素晴らしさと物語の中毒性の強さを証明してみせている。うまいと言ったら失礼に当たるが、この緻密な罠に引っかかったのは私だけではないはず。

発表当時、そのスキャンダラスな内容がセンセーションを巻き起こし、世間を震撼《しんかん》させた。連載が始まって翌年に著者がなんと風紀紊乱《びんらん》の罪で起訴までされるが、数か月の戦いを経て無罪判決を勝ち取って、めでたく出版にこぎつけたそうだ。裁判沙汰による抜群な宣伝効果も相まって、『ボヴァリー夫人』はたちまちベストセラーとなり、それ以降何か国語にも翻訳され、世界中の本屋や図書館に並ぶようになったが、何よりもドラマを求めていたエンマは、自らのストーリーを語った本がそのようなダイナミックな運命を辿ることになると知ったら、大いに満足することであろう。

刑務所送りを免《まぬが》れ、一躍時の人となったフローベール先生は、あちらからもこちらからも引っ張りダコで、インタビューを受けまくっていたが、「私のかわいそうなボヴァリー夫人はこの瞬間にもフランスの20もの村で苦しみ泣いている」という発言を残したそうだ。彼が言う通り、現実を見失うというのは誰もが体験し得ることであり、一見自分たちとは無関係とも思える「エンマ」はしかし、「私」でもあり得るわけである。そして「フランスの20もの村」という狭い範囲だけにとどまらず、その心理に囚《とら》われる人たちは世界中どこもかしこも、いつの時代にも必ず存在している……。

それにしても、時間も距離も飛び越えて、日本が生んだ古典文学にもう一人のボヴァリー夫人が息を潜めていたとは、さすがのフローベール先生もきっとびっくり仰天。

時代が時代なだけに、平安の文学ともなると、家を飛び出し、男を連れてどんちゃん騒ぎをする人なんていくら探そうにも見つかるはずがないが、エンマに負けず劣らずの妄想力と凄まじい勘違いぶりを見せてくれているお嬢さんが少なくとも一人いる。そこで、日本版のエンマを探すべく、『更級日記《さらしなにっき》』を覗いてみることに。

乙女なヲタクの全力妄想日記

その物語は原稿用紙１００枚にも満たない、宝石箱のような短い作品。いわゆる日記文学の代表作の一つで、作者は菅原孝標女《すがわらのたかすえのむすめ》（以降、日記のタイトルにちなんで、サラちゃんと呼ぶことにする。やや少女漫画をイメージ）。

『源氏物語《げんじものがたり》』をはじめ、当時流布していた小説が大好きなサラちゃんは、今で言ういわゆる文学少女。彼女のすさまじいヲタクっぷりは正気の沙汰《さた》とは思えないレベルに達しており、本人はきっと心外だろうが、アイドルの追っかけやアニメイベントに殺到する腐女《ふじょ》子《し》など、手の届きそうにない理想を追い求めて熱狂する現代人に通ずるものがある。

一応貴族の血筋だが、ド田舎育ちの、あか抜けないサラちゃん。そんな彼女は、都では「物語」というステキな代物が流行っているという噂を聞きつけて、どうしてもそれが読みたくて読みたくて仕方がないというミーハーな感じの子。取り憑《つ》かれたかのように、あの神やこの神に手を合わせて、毎日祈りを捧げる。それは少し誇張した言葉だと思うかもしれないが、サラちゃんの本気度合いを馬鹿にしてはいけない。


いみじく心もとなきままに、等身に薬師仏を造りて、手洗ひなどして、人まにみそかに入りつつ、「京にとく上げたまひて、物語の多くさぶらふなる、あるかぎり見せたまへ」と、身を捨てて額をつき祈り申すほどに〔……〕

(イザベラ流 超訳)

あーもうじれったいという気持ちになり、人間と同じサイズの薬師仏《やくしぼとけ》を造ってもらい、お清めして、手もキレイキレイにして、誰も見ていない隙を狙って、その仏像が置かれている部屋に忍び込み、「都へ行かせて!! たくさんあるという物語を、この私に全部読ませてえええええ!!」と床に額をこすりつけて、必死になって祈っ

ていたわ。〔……〕

薬師仏は病気を治したり、願い事を叶えてくれたりする真面目な神様。そんな忙しそうな神様に向かって物語を読ませてだなんて、お門違いもいいところだが、文学は当時最高のエンターテインメントであり、それに触れ合うというのはこのうえない贅沢だった。「本」という幻の品を手に入れることができたらなんだってする、というような心持ちだったと思われる。

あまりにもしつこかったせいか、神様がその願い（というかもはや執念と言っても良いのだが）を仕方なく聞き入れて、念願の都へＧＯ！　現在の千葉県あたりからいざ出発、世界の中心、華やかで甘く、時には危険なＫＹＯＴＯに……。10代の少女はきっとトレンディードラマの主人公になった気分だったに違いない。当時は新幹線でピュッといけるわけではなかったので、途中で様々なアクシデントもあり、ハラハラすることも少なくなかったが、向かっている先はキラキラしたセレブワールド。少女は夢うつつの状態で、これから体験するだろう未知の世界に想いを馳せて、どんなことでも耐えることができた。

やがて京都に着くが、父親はあまり日の当たらない中級役人、住んでいるところも微妙で、居場所が変わっても都会感ゼロ。しかし、落胆する暇はない。人脈を頼りに、やっと念願の『源氏物語』を手に入れることに成功し、何もない毎日が一瞬にして天国に激変！

はしるはしる、わづかに見つつ、心も得ず心もとなく思ふ源氏を、一の巻よりして、人もまじらず、几帳の内にうち臥して、引き出でつつ見る心地、后の位も何にかはせむ。〔……〕

物語のことをのみ心にしめて、われはこのごろわろきぞかし、さかりにならば、かたちもかぎりなくよく、髪もいみじく長くなりなむ、光の源氏の夕顔、宇治の大将の浮舟の女君のやうにこそあらめ、と思ひける心、まづいとはかなくあさまし。

〈イザベラ流 超訳〉

ドキドキしながら部分的にしか読んでなかった源氏様の物語、あまりにも飛び飛びだったのであらすじもイマイチつかめずにいてイライラしていたけど、それをなんと！　誰にも邪魔されずに一巻から、一冊一冊好きなだけ取り出して、几帳《きちょう》の中で横たわって読むというのは、もうサイコーだわ！　これさえあれば他は何もいらない、后《きさき》の位《くらい》とかマジでどうでもいい。〔……〕

物語のことばかり考えて、「まだ幼いからブスだけど、年頃になったらあたしだって超美人になって、髪の毛がめっちゃ長くなり、光源氏様が愛した夕顔や、薫様を惑わせた浮舟みたいにモテ女子になるわ〜」と真剣に信じ込んでいた時代があった。

今思うとただ浮かれていたんだなって……。

これは教科書にも載っている『更級日記』の一番有名なくだり。この勘違いぶりにどう反応したら良いのだろうか。まだ10代とはいえ、同じ年頃の貴族女子は既に結婚相手を見極めていたはず。出世の見込みのある男を捕まえるのは若いうちに限るので、気楽に夢を見る年齢はとっくに過ぎていた。

引用文の中では、『更級日記』でよく出くわす形容詞〈いみじ〉が使われているが、それを辞書で引いてみると二つの意味があるということを知る。一つは「よい・すばらしい」、もう一つは「ひどい・恐ろしい」。つまり、そう、今でいう〈ヤバい〉の元祖みたいな感じなのである。

言葉は時代と共に廃《すた》れて、生まれ変わっていくものだが、その根底にある感覚はやはり変わらず、伝えようとしている感情は普遍的なものなのだと気付かされる。そして、日本語は今も昔も曖昧《あいまい》で、どっちつかずの言い回しが多く、コンテキストに点在しているヒントを汲《く》み取って、読み込まないと正しく理解できない、ひとことでいうと面倒くさい言葉なのだと改めて思う。

非常に現代的な感覚を秘めている〈いみじ〉という単語を使って、キラッキラと輝く自分の大人の姿、ヒロインみたいにめくるめく恋をするという夢を思い描いている少女のことを、愛おしく思わずにはいられない。

女たちがフィクションにハマる理由

『源氏物語』を一言でいえば、稀代《きだい》の色男源氏君《げんじのきみ》が、女の気配を微かにでも感じたら即言い寄り、立派な妻がいるのに、実に様々な容姿や身分の何十人もの女性を泣かせる、という話である。源氏君の子孫にあたる薫《かおる》も匂宮《におうみや》もとにかく桃色恋愛事情のことしか眼中になく、仕事は大丈夫なのかなと心配になるくらいのありさまである。紫式部大先生の超大作の中には、その男たちに翻弄される女君が大勢登場しているが、サラちゃんが最も憧れるのは、いわゆる「宇治十帖」に出てくる、浮舟《うきふね》という人物である。

このごろの世の人は十七八よりこそ経よみ、行ひもすれ、さること思ひかけられず。からうじて思ひよることは、「いみじくやむごとなく、かたち有様、物語にある光源氏などのやうにおはせむ人を、年に一たびにても通はしたてまつりて、浮舟の女君のやうに山里に隠し据ゑられて、花、紅葉、月、雪をながめて、いと心ぼそげにて、めでたからむ御文などを時々待ち見などこそせめ」

（イザベラ流 超訳）

この頃の世の中では17、18歳の人でもお経を読んで、きちんとした生活を送っているけれど、私はといえば、「とても身分が高くて、顔もカッコよくて、源氏君みたいな素敵なオトコが一年にたった一回だけでもいいから通ってくれればそれで充分だよねー。浮舟みたいに、隠れたところにひっそりと暮らし、花、紅葉、月、雪を好きなだけ眺めて生活ができたらラッキー！　時々届けられる素晴らしい手紙とかを待ちながら過ごしたりして……まあステキすぎるわ！」

いかに描写が生彩を放っていても、『源氏物語』はフィクションに過ぎない。作中の人物がそこらで行き交うかのように思うのは、錯覚でしかない。夢を持つというのはもちろん自由だが、時間が経てば経つほど、その根拠なき熱狂は限界に近づいてゆく。

作中に登場するヒロインはみんな素敵で、繰り広げられる数々のラブストーリーもどれも切なくて美しいが、サラちゃんが特に浮舟に惹かれた理由は別のところにあるようにも思える。かつて八の宮に仕えていた女房を母に持つ浮舟は、本当の父親である八の宮から娘と認知されなかったという大人の事情もあり、とんだ田舎で暮らしているという設定になっている。母の再婚に従い東国へ下り、受領階級の常陸介の継娘として育った浮舟。田舎育ち、受領階級……それはつまり、サラちゃん本人と酷似した境遇であるというところにまず注目すべきである。

文学では愛だの恋だのと謳っているものの、平安時代の身分制度社会という文脈において、階級というのはやはり動かしがたい前提だった。后なんぞどうでもいいと言い切っているサラちゃんだが、そもそも彼女が属している階級だったら后になるなんて、絶対にありえない。『源氏物語』の中に登場する藤壺《ふじつぼ》や紫上、六条御息所《ろくじょうのみやすどころ》などはサラちゃんに比べれば、身分がダントツに高く、どう考えても自分とは全く隔絶した存在でしかない。しかし、浮舟くらいなら……という計算がサラちゃんの熱狂的な憧れの裏付けになっているとも思える。

そこでエンマのことをふと思い出す。『ボヴァリー夫人』の背景になっているのは、革命後のフランスだ。その革命のおかげで、感情をテーマにしたロマン主義が流行し、エンマに代表されるような普通の女性が、その時まで一握りの娯楽だった文学の世界に参入する資格を得るわけである。かつて王子様とお姫様しか出てこなかった小説に、自分と同じような境遇の人物たちがわんさか登場し、幸せになるというようなサクセスストーリーをひたすら読み続ければ、夢だって現実味を帯びてくる。文学に背中を押されて、サラちゃんもエンマも、自分たちだってできるわよ、と思ってしまうのも無理はない。二人のロマンチストな考え方は、かなりの自己陶酔と勘違いがあったにせよ、それぞれの時代や社会に根ざすものであり、決して妄想だけではなかった。サラちゃんは貴人に見初められる可能性だって十分あったし、エンマは田舎に癒しを求めにきたド金持ちの男爵とばったり会うことだって、絶対にないとは言い切れない。物語は虚構ではあるけれど、現実で全くありえないことでは決してない。だからこそ信じたくなる。だからこそ恐ろしい……。

欲望に身を委ねて転落していくエンマと堅実なマダムとして人生を全うするサラちゃん、それぞれの女性が迎える結末も住んでいる世界も大きく異なる。また、歴史的人物のサラちゃんと想像上のキャラクターのエンマを簡単に比べることはもちろんできない。そうはいっても、憧れの物語の世界を思い浮かべながら、「こんなはずじゃなかったのに……」と、二人とも同じような不満を漏らしている。「読書」という禁断の楽しみを知ってしまった彼女たちが、空想の世界だけでも幸せを感じていたのかどうかというのは後世読者に残された永遠の謎である。

待ちに待った初恋の顚末は？

しかし……現実は現実だ、DNAには逆らえないもの。冴《さ》えないサラちゃんは束の間の宮仕えも経験するが、やはり人生は物語のようにドラマチックには発展しない。ちょっとだけ袖や髪の毛を御簾《みす》からちらつかせれば男どもがわんさわんさと忍び込んできていた平安時代にもかかわらず、誰一人彼女に興味を抱かない、浮いた話が全然舞い込んでこないのであった。周りを見回す限り、源氏君のようなステキな王子様なんぞありゃしない。それは残念ながら平安時代も新しく切り開いた令和も変わらないようだ。

やがて彼女は平凡な役人の妻となり、子供たちを育て、宮仕えのパート（？）をやっている普通のおばさんになる。毎日がぼんやりと過ぎていくだけで、昔の夢はどこへ吹っ飛んだんだろうという気持ちになっていたことは想像に難くない。

そんなある夜、素敵な男性が現れたではないか！　しかも殿上人よ！

お友達と出かけていたときに出くわして、見られてしまったので逃げるわけにもいかず、お話をすることに。それで何の話をするかというと……なんと春秋《はるあき》の定《さだ》め……今も昔もこんなに季節のことで盛り上がれるのは日本人だけなのではないだろうか。

お相手は源資通《すけみち》という人、容姿も教養も作者の好みにドンピシャの人だった。そこで、何の季節がお好き？　という話になり、サラちゃんのお友達が秋を選び、サラちゃんは春を選ぶ。そして胸キュン場面……。

今宵より後の命のもしもあらばさは春の夜を形見と思はむ

と言ふに、秋に心寄せたる人、

人はみな春に心を寄せつめりわれのみや見む秋の夜の月
とあるに、いみじう興じ、思ひわづらひたるけしきにて〔……〕

(イザベラ流 超訳)

「もしも長生きをしたら、今夜から春の夜を貴女《あなた》に出会えた記念日だと思うことにするよ」(キャー! いいことを言うね!)

(源資通の) その言葉に対して、秋を選んだ友達が「へぇ、みんな春が好きなんだ〜。じゃあ秋の夜は一人で眺めることにするわ(チッ)」

と詠むので、男性が面白がって、どっちの味方をするか迷い〔……〕

こんな気の利いたセリフを言われたら気分が上がる! 話題は正直何でもよく、相手はカッコよければ良しということで、読んでいてこちらまでときめくところ。季節はさておき、話が発展するのかな、とドキドキしながら読み進めるのだが……その後二回ほど言葉を交わす機会があるにもかかわらず、サラちゃんは既に人妻となっていたので(旦那についての記述が少なすぎて忘れてしまうところ)、最後には会うことを遠慮して沙汰《さた》止《や》みとなってしまう。

作者にとって、それははかない初恋だったようだ。短い作品の中で、このエピソードは比較的長く綴《つづ》られ、出会いのシーンは本当に美しく、サラちゃんがその思い出を抱いて、一生を過ごしたことがうかがえる。

私たちにしても、そんな自分なりの甘酸っぱい思い出を誰しも持っているものである。サラちゃんがそわそわしている様子を想像しながら、心の奥底にしまっているその昔の初々しい恋の記憶が蘇《よみがえ》り、ちょっぴり切なくなっていたら……ちょっと待って!!

注釈を見ると、その時点のサラちゃんは既に35歳、相手の男性は三つ上の38歳。当時の寿命のスタンダードで考えると、青春はもうとっくに通り過ぎているはずの、いわばダンディーなエロおやじと浮かれたおばさんのやり取りだったと知る。しかし、何歳になろうと恋をする人はかわいいし、そしていつまでも乙女心を捨てないサラちゃんをリスペクトしたい。思ったような完璧な形ではなかったにせよ、思い続ければある程度願いが叶うというそのポジティブシンキングに励まされる。

隠されたサラちゃんの本音

日記文学といっても、今でいう日記と違って、毎日書いたりしていたわけではない。『更級日記』の場合、旦那の死を機に、もっと真面目に生きなきゃと思い始めて、その時までの浮かれた人生を反面教師として書いているという前提になっている。紙が貴重品だった時代で、勝手なことを書くのは許されず、特に女性の場合は何かしらの教育のためでないとなかなか書かせてもらえなかった。そういう事情もあり、『更級日記』は同時代のエライ人たちのお咎《とが》めを受けないためにも、様々な体験を通して内面的に成長していく過程を描く作品として構成されている。そのストーリーに従って、後半部分は作者が物語マニアから卒業し、由緒あるいろいろなお寺を訪ねて、良い子にしている内容が綴られているが、前半の物語万歳！　恋って最高！　という場面に比べるとかなりの温度差を感じる。

今は、昔のよしなし心もくやしかりけりとのみ思ひ知りはて、親の物へ率て参りなどせでやみにしも、もどかしく思ひ出でらるれば、今はひとへに豊かなる勢ひになりて、ふたばの人をも、思ふさまにかしづきおほしたて、わが身もみくらの山に積み余るばかりにて、後の世までのことをも思はむと思ひはげみて、十一月の二十余日、石山に参る。

（イザベラ流 超訳）

今となっては、物語にひたすら憧れていた昔の自分は何を考えていたのだろうね。反省しなくちゃということくらいは身に染みているのだけれど、もっと厳しく躾《しつけ》をしなかった親も悪いわよね。参詣にちっとも連れてってくれなかったから今はこの有様ですよ。今はお金にも困っていないし、子供も手が離れて立派に育ったし、悠々自適に老後を暮らせる貯金だってたんまりあるし、これからは来世までのことをきちんと考えなくちゃだね。そう思って気持ちを切り替えて、11月20日過ぎに石山寺にお参りに出かける。

結婚して、子供を育て上げた立派な大人になっているはずなのに、親のせいにするなんて、無責任にも程があるというところがまず目につく。それでも、やっと夢から目が覚めて現実を直視できるようになったのかなと読者に思わせようとしているが、その口調がいかにも軽い。来世のことを真面目に考えているとは言っているが、どうしても大人の休日倶楽部というノリにしか聞こえず、反省の色が一切ない。そこではっきりとわかることが一つある。それは、サラちゃんが全く改心していないということ。

一応参詣に驀進《まいしん》しているが、機会があれば昔の夢見がちな自分にだってすぐに戻れるし、物語を崇拝していた時が一番イケているとひそかに思っている節がある。たとえば、宇治を訪れたときの記述はこんな感じ。

無期にえ渡らで、つくづくと見るに、紫の物語に宇治の宮のむすめどものことあるを、いかなる所なれば、そこにしも住ませたるならむとゆかしく思ひし所ぞかし。げにをかしき所かな、と思ひつつ、からうじて渡りて、殿の御領所の宇治殿を入りて見るにも、浮舟の女君のかかる所にやありけむなど、まづ思ひ出でらる。

(イザベラ流 超訳)

一向に(川の)あちら側には渡れないので、じっくり周りを見渡した。紫式部の『源氏物語』には宇治の八の宮の娘たちのことが書かれているけど、たくさんあるロケーションの中、作者はなんでそこを選んで、わざわざ住まわせたのかしら、と昔から気になっていて、いつか見たい土地ではあった。すごくステキな場所だわと思いながらやっと(川を)渡ることができて、関白様の御領所《ごりょうしょ》である宇治殿に入って邸内を見て思うにも、浮舟の女君は、こういう所に住んでいたのかしら、などと真っ先に頭に浮かんだわ。

物語の世界とかかわりのあるものを発見しては、すぐさま少女時代へとタイムスリップ。「浮舟の女君の、かかる所にやありけむ」とあるが、「けむ」という助動詞を辞書で引いてみると「過去の事実についての推量を表す。過去に起こった事実の原因や理由について推量する意を表す」というふうに定義されている。ドラマのロケ地を訪れるファンの気持ちをさらに上回り、サラちゃんの心の中ではもはや浮舟たちが実在しているかのように近しく感じられ、彼女にとって『源氏物語』の世界は作り話以上に意味を持つものだったのかもしれない。長谷寺《はせ》に向かう旅の途中だというのに、浮舟への想いが心の中で湧き上がり、あれもこれも想像し始めて、もう来世ってなんだっけという感じである。

解脱《げだつ》宣言の記述と、浮舟ワールドの描写の記述を比べると、気持ちの盛り上がり方が断然違うということがわかる。空想を諦めて、真面目になるように一応行動しているが、物語を読んでいる自分や夢を見る自分は一番イキイキと描き、仏道の勤《つと》めに勤《いそ》しんでいるという話になったとたん、淡々とした口調に切り換わる。作者の文章力を考えると、たとえあまり興味がないものでも、もっとカッコよく書けたはずである。だから、その語り口にこそ深い意味があるように感じられる。

受け身の人生を強いられていた平安時代の女性は自己表現の在り方が非常に難しく、男性ありきの社会の中で自分を語る空間を確保できたのは一握りの人だけだった。女性が女性のために書くというごく限られたオーディエンスに向けたものだったが、公開の場を与えられ、人々の耳目《じもく》にさらされる貴重な機会を得た菅原孝標女はそのチャンスを無駄にしなかったのだ。

「物語という絵空事はご法度」というまともなお題に見せかけつつも、テンション高めの口調とつまらなそうな口調を巧妙《こうみょう》に使い分けることによって、書いていることとは全く違うメッセージを私たちに届けたかったのではないかとさえ思えてくる。それはつまり、欲望の衣を脱ぎ棄《す》てることが一番大事なことではないということ。または物語は素晴らしい、恋を夢見ることは間違っていないということ。何の変哲もない月並みな人生だったとしても、自分がヒロインのように輝ける場面が絶対にあるはずで、それを宝のように心の中にしまっておくべきだ、と。たとえそれが跡形もなく消えてしまう、はかなく空《むな》しい恋だったとしても、その虚無こそ美しい。

社会によって定められている女性の理想像があり、それに逆らえるような知識も手段もまったく存在しない環境に置かれていたにもかかわらず、自分を強くもって、言葉と筆だけでそれを表現するなんて、脱帽《だつぼう》という言葉しか思い浮かばない。もっと自由に生きているはずの私たちには果たして同じようなことが出来るだろうか。『更級日記』を閉じて、菅原孝標女がウィンクをしながら贈ってくれるそのメッセージを噛み締めると感動、刺激、共感、様々な想いが胸に渦《うず》まく。

聡明な菅原孝標女の文章からもう一つとても重要な教訓も得られる。本を読みすぎる女は全然モテないということ。我こそ、それをいみじく思ふ……。

儚げ？　バリキャリ？　ミステリアス女王

小野《おのの》小町《こまち》『古今和歌集』

「兵士と女王」の寓話《ぐうわ》

1988年に初公開された『ニュー・シネマ・パラダイス』は今でも不朽の名作として好評を博している。日本では、翌年の1989年に銀座の小さな映画館で単館ロードショーが開始され、イタリア映画にしては驚くべき観客数を動員したうえ、40週にも及ぶ異例のロングランとなり、その記録は燦々《さんさん》と輝き続けて、いまだに破られていないらしい。

私はまだ子供だったため、リアルタイムで観た記憶はないが、数年後の再上映なら覚えている。オープンシネマが大流行していたということもあり、夏になると思いがけないところまでが劇場に変身して、絶好のデートスポットとして人気を集めていた。我が地元の場合は、丘のてっぺんに聳《そび》え立つかつての没落貴族の邸宅もそのような運命を辿った。広々とした中庭に大きなスクリーンとプラスチックの椅子が設置され、星空と何百年前の遺跡を借景《しゃっけい》にしながら映画を楽しむという贅沢な空間。そこで観たキスとラブシーンの連続からなるラストに涙を零したことは今でも忘れられない。陳腐《ちんぷ》な映像が流れるにつれて、映画に魅了された青年トトと映写技師のアルフレードの深い友情の想い出が蘇り、いつ観ても感動せずにはいられないもの。

『ニュー・シネマ・パラダイス』は、シチリアの小さな田舎町を舞台に展開されていく甘酸っぱい成長物語を描いた作品だが、ある日主人公のトトはエレナという美少女と運命的な出逢いを果たす。彼女の両親に反対され、悩んでいるときに、トトが仲の良いアルフレードに相談を持ち掛ける場面がある。中年男性のアルフレードは恋に燃えている若者に説教くさいことを言いたくなかったのか、アドバイスをする代わりに兵士と女王の寓話を語り始める。素敵な話だと思って、強く印象に残ったが、何年も後になって日本の古典文学をひもといて同じ物語と遭遇することがあるなんて思ってもみなかった。

日本人観客はみんなそう思っただろうけれど、よく考えるとトトとエレナの叶わぬ恋に見立てた寓話は、小野小町と深草少将《ふかくさのしょうしょう》にまつわる「百夜《ももよ》通い」伝説とよく似ている。映画に紹介されている話は、トルナトーレ監督の想像から生まれたものだと長い間信じていたが、日本の言い伝えとの類似点に気付いて以来、それは月日をかけてイタリアまでゆっくりと一人歩きをしてきた小野小町の転生に違いないと、文学妄想しがちな私は確信した。

小町の輝く美貌に心を奪われた深草少将と同じように、寓話に登場する兵士も女王の姿を垣間見て一目惚れしてしまう。兵士と女王の恋だなんて、身分が違いすぎて最初から嫌な予感しかしない。しかし、兵士は彼女のことを諦められず、勇気を振り絞ってついに告白する。その深い想いに驚いた女王は、１００日連続バルコニーの下で待っていてくれればあなたのものになりましょうと言う。兵士はその日から、昼も夜も、雨が降る日も、太陽がカンカンに照る日も、バルコニーの下で微動だにせずひたすら待ち続ける。

ここまでは日本の百夜通い伝説とそっくりである。深草少将は熱心に求愛し続けるが、小町は全然振り向いてくれない。そのしつこさに飽き飽きしていたせいか、小町は100夜連続通ってくれればあなたの愛を受け入れると彼に告げ、1日も欠かさず通い詰め、その間は一言も話しかけてはいけない、という条件も付け足した。それが諦めさせる作戦であることを微塵も疑わなかった少将は、張り切って毎日通い続けた。

どこかで読んだことがあるが、伝説の設定から判断すると、小町の家に通うために少将が毎日歩いていた距離は片道おおよそ5キロだったと推測されているらしい。かなり遠かったうえに、整備されていない道を真夜中に歩くというのは危険と隣り合わせの行為であり、その気まぐれの命令からも小町の意地悪さが滲み出るわけである。

結ばれるはずの100日目に、深草少将は無理が祟《たた》って亡くなってしまうが、イタリア版では99日目の夜、つまり、あと1日で女王と契りを交わすという晩に、兵士が女王の庭から自ら立ち去ってしまう（さすが、イタリア人……）。

寓話を聞き終わって、恋い焦がれているトトは訳がわからず友人に説明を求めるが、アルフレードは「わからん。お前がわかったら教えてくれ」と謎めいたセリフを言い放ち、それ以上詳しいことを話そうとしない。

百夜通い伝説と『ニュー・シネマ・パラダイス』の寓話の結末は多少異なるものの、それぞれの男性が歯を食いしばって100日の期限まで頑張れたとしても、目当ての女性とは引き離される運命にあったのではないだろうか。課せられた試練を乗り越えることで好きな相手と結ばれることができたかもしれないが、その心を手に入れることはできなかったからである。それを悟ったがゆえに、兵士は去っていくことを決意し、深草少将は自らの想いに命を捧げ、悔いのない人生を全うする。不確かな未来より、淡い期待を持って、一途な愛を信じていた99日間という事実がそこにあり、成就できなかったからこそ、その愛は完璧な形を保ったまま永遠に燃え上がり続けている。

あの有名な歌に仕組まれた罠

しかし、国境を越えて人々を揺さぶる伝説の主とは、どんな美人だったのだろう。能、御伽草子《おとぎぞうし》、物語や小説など、小町の姿は実に数多くの作品に出てくるわりに、確かな情報は一切なく、どんなに調べようとも実像を摑むことができない。私たちが知っているのは、小野小町が美人だった、らしい。ただそれだけである。

彼女の容姿を捉えた絵はたくさん残っているが、どれをとっても似通った雰囲気を醸《かも》し出している。目を奪う鮮やかな色に染めた十二単《ひとえ》、ふんわりと広がる裾、そしてその上に身をよじる細身で可憐な姿。絹糸のような、艶のある黒髪が流れ、これぞ後姿が美人のバックシャン。しかし、肝心のお顔は豊かな黒髪とゴージャスな着物に埋もれて、隠れたままだ。

なにせ自撮り棒が流行る1000年ばかり前の時代なので、鴨川をバックにピースサインをしている小町のインスタ写真は残念ながら存在しない。そこはなんとか彼女の美貌を絶賛する紀貫之《きのつらゆき》や藤原定家《ていか》のセンスに頼るしかない。ところが、870年代生まれとされている紀貫之が美貌真っ盛りの小町に会っている可能性は低く、ましてや彼女より200年くらい後に生まれている藤原定家はもってのほか。六歌仙に選ばれたたった一人の女性、彼女の名前を知らない日本人はほとんどいないが、有名でありながらも小町ほど謎のベールに包まれた人物はいないと言っても過言ではない。

紀貫之が著している『古今和歌集』の仮名序《かなじょ》では「小野小町は古《いにしえ》の衣通姫《そとおりひめ》の流なり。あはれなるやうにて、つよからず。いはば、よき女のなやめるところあるに似たり（小野小町は絶世の美女として知られている衣通姫に似たような系統。しみじみと心にしみる様子で、力がない。たとえるならば、ちょっと病んでいる美人って感じ）」という記載が見られる。これは小町に対する最古の記録であり、評価でもある。現代人の耳には少し微妙な響きに聞こえるかもしれないが、ここで論じられているのは作風なので、当時の「もののあはれ」的な美学に基づいた評価となっており、申し分ない絶賛の言葉だ。衣通姫というのは『古事記』などに出てくる伝承の女性、優れた才能と美貌の持ち主だったとされている。美しさが衣を通し輝いていたので、そう呼ばれたようだが、そんな伝説の歌姫まで引っ張り出して褒め称えている紀貫之おじさんは、小町にメロメロだったに違いない。ところで、現代の飲み会で最も盛り上がる「有名人の誰々に似ている」という定番の話題が、平安時代にも根を下ろしているというのは何よりもの驚きだ。

小町の親族のランクがあまり高くなかったということもあり、本名はもちろん、それ以外にも一切の記録が残っておらず、仁明《にんみょう》天皇の時代に更衣《こうい》として仕えていた可能性がある、というのが様々な研究を通して得られた精一杯の成果。情報の少なさも相まって根拠なき伝説がたくさん出回っているが、その中でも、若い頃は秘密だらけの冷淡な美女で、後に落ちぶれて野垂れ死にしたというイメージが最も色濃く定着している。言うまでもなく、信憑性はいまひとつ。

あっけなく死んでしまう深草少将は一番の被害者だが、奔放に情事を楽しみ、数多の男を傷つけた前科を持つ小町は確かにしとやかな人ではなかったであろうと思われる。しかし、百夜通いの逸話は小町がこの世を去ってからだいぶ後に作られたものであり、深草少将も想像上の人物だそうだ。

やや謎めいている人には関心をそそられる。知りたい情報を簡単に手に入れることができる今の時代ではなおさらだが、何百年も美の象徴として謳われ、熱狂的なファンを量産し続けるという輝かしい功績を収めるなんて決して容易《たやす》いことではない。そこまでの高いブランドロイヤリティを実現するというのはなかなかの実力が必要である。その変わらぬ愛着と関心の秘密は、小町の作品に潜んでいる、妄想を掻き立てる不思議な力ではないかと思う。歌のフィルターを通して見えてくる彼女の顔も描写されている景色も、目の前でみるみる変わってゆき、無数の美しい模様が広がる。千変万化の想いがふと表面に現れて、またどこかへ沈み、人を飽きさせない魅力を発揮し続けている。子供が万華鏡の穴をはじめて覗いたときみたいに、次は何が出てくるのだろうという心が浮き立つ気持ち、小町はそのような魔法を一つひとつの歌に仕込んでいるのである。

乱れた黒髪、しわくちゃになった着物、涙にぬれた袖、官能的で情熱的な愛……形式ばった和歌の世界の中ではそこまで率直で、過激な表現は珍しい。あれだけ情熱溢れる言葉をすらすらと書ける人は毎日お弁当を作って節約するような良妻賢母《りょうさいけんぼ》ではないはずであり、その言葉が残す艶《なまめ》かしい余韻こそが様々な伝説を生み出している。

ファムファタール説を裏付ける一つの証拠は、『百人一首』にも載っているこの名歌。

花の色はうつりにけりないたづらにわが身世にふるながめせしまに

（イザベラ流 超訳）

長い雨が降っている間に、桜の花が色褪せてしまった。それと同じように、ぼんやりしている間に私も年をとってしまったわまず、ここで「花」は「桜の花」を意味していることに注目したい。長らく美の象徴とされてきた桜の花をちゃっかり自分にたとえるなんて、相当の自信をお持ちでいらっしゃる!! と尊敬の念に堪えない。

「花と自分を重ねて、老いを嘆く」というのがこの歌の一般的な解釈。しかし、不思議にも、そこには若き日々の栄光にすがる姿も、美が衰えた侘《わび》しい姿というネガティブなイメージも全然思い浮かんでこない。なぜかというと、桜の花は枯れないからである。

猫の額ほどの我が家のベランダを活用して、家庭菜園に挑戦してみたことがあるが、トマトの苗を数日ばかり放置していたら、あっという間に無残な姿になった。小さな花はつぼみのままに干からびて、葉っぱもカサカサになり、枝が力なく垂れ下がり、ちょっと前までは生命力に満ち溢れていた植物が目も当てられない状態。これぞ、私の年老いた姿の予兆でしょうね。

ところで、同じような見苦しいありさまに枯れた桜の花はまず見かけない。雨に降られて花びらが地面に落ちる時だって、美しい。アスファルトに張り付いて、人に踏まれた跡が付いたとて、美しい。酔っ払いの花見客が片手で持っている缶ビールの縁にふらりと落ちてくるときも、美しい。美しすぎて、ポケットから携帯を取り出して写真を撮ってしまう程である。

春の雨の日、水滴が桜の花を撫でてゆっくりと下に流れ、乾燥した地面から独特の香りが立ち上がってくる。風に吹かれた花はバラバラになって、花びらがゆらゆらと落ちてゆく。少しばかり茶色っぽく変色して、形もやや崩れている。それでも私たちの目は、そしておそらく平安人の目も、そこに美を見いだす。

懐かしい思い出、綺麗な景色、ゆっくりと刻まれていく時間、いろいろな絵が頭をよぎる。そして、次々と流れていくフォトグラムのなかに、女性の輪郭が微かに浮かび上がってくる……それはこの歌に映っている小町の顔である。紀貫之と藤原定家はそれを感じとったときに、絶世の美女だ！　と思わず叫び、メリハリのあるプロポーションと完璧なスリーサイズではなく、小町の豊かな感性に惚れ込んだのではないかと思う。

この歌に緻密に施されている掛詞《かけことば》と先行作品との関係性や引用を重視した研究はたくさんあるが、私はいつもその短い表現に魅了され、いろいろな映像が脳裏に流れて、わずかしか持ち合わせていない学者脳が完全に思考停止してしまう。そして、数百年前に生きた謎の女性の言葉ではなく、自分の言葉のように身近に感じられ、懐かしいような寂しいような、うまく表現できない気持ちがふわっと心の中に広がる。本物の美人は言うことが違うね、と納得する瞬間である。

枯れて二度と戻らぬ美貌をただ嘆いているだけなのかもしれないが、その文脈においてもなお、小町の顔が一番美しく、艶めかしく映っているという驚きのマジック。ユニークで意外なアングルから撮影すると被写体の魅力が増すと言われているが、小町の自撮りテクニックは実に素晴らしい。斜め上から撮って、あごを引いて、目をぱっちり開いて……自分が良く映るための数々のトリックをマスターしている感じがする。#NoFiltersの元祖に喝采を。

　なんてファムファタールらしい一首だ！　とうっとりして、これだから無数の男性の心とプライドを踏みにじることができたのね、と心の中で思わずにはいられない。確かに、和歌のやり取りの研究から愛人候補として名を連ねているのは、安倍清行《あべのきよゆき》、小野貞樹《おののさだき》、文《ふん》屋康秀《やのやすひで》、僧正遍昭《そうじょうへんじょう》という錚々《そうそう》たる面々。さらに、本当かどうかはわからないが、当代きってのプレイボーイ、在原業平《ありわらのなりひら》との熱愛も言い伝えられており、仁明天皇とも関係を持ったのではないかとまで言われている。真面目な参考文献をパラパラめくっても、あの人もこの人もといった具合に次々とオトコの名前が出てくる。それを以て、一生独身を貫いたお一人様のパイオニアとしても名を馳せた小町は、かなりお盛んだったと言わねばならない。当時は通い婚が主流で、複数の相手もＯＫ、掛け持ちもＯＫというような恋愛観が一般的だったので、現代人にとやかく言われる筋合いないわよ、とあの世で本人がカンカンに怒っているかもしれないが、とにかく小町がモテモテだったというのは常識として浸透しているわけである。

「魔性の女」だけじゃない素顔

ところで、その「奔放美人」説はどちらかというと、各地に広まった伝説によって裏付けられており、彼女が書いたであろう数十首あまりの作品にはむしろ許されぬ恋に思い悩む弱い女性というイメージのほうがずっと深く刻まれている。ということで、ここまでの数ページで熱烈に論じてきた「宿命の女――小町」という読みをすっかり裏返し、思いのほか一途だったかもという逆説的解析もできたりするわけである。

どっちなのよ!? と思われても仕方ないが、本人に問いただすこともできないし、真実は神のみぞ知る。

胸元の広く開いたドレスを着て堂々とレッドカーペットを歩くカトリーヌ・ドヌーブ先生のように、年老いても艶めかしいままの小町ももちろん魅力的だが、恋の痛手から立ち直れない女性に変身させてみると、作品が作り出す世界観がみるみるうちに新たな広がりを見せてくれる。今度はそのセピア色のフィルターをかけてみて、いくつかの作品を読んでみたい。

あきたこまちという米のブランドが定着しており、「こまち」という名の真っ赤な新幹線を走らせていることからわかるように、小野小町は秋田県の誇りである。しかし、宮城県、福島県、岡山県などなど、役所の人たちはお墓があるとか、恋文が残っているとか申し立てて、出身地問題に関する論争もいまだに決着がついていない。秋田県だろうが、岡山県だろうが、京都から一歩離れた場所は一律野蛮な田舎だと思われていた平安時代のことなので、どの説を信じても、とにかく小町はシティーガールではなかったということだけは確かである。そうなると、遠いところから女一人でのこのこと上京して、女官になって、有名歌人になるという、彼女が辿ったキャリアは想像を絶する夢の出世コースであることがわかる。そこで小町がどうやって田舎を脱出できたのか、という疑問が浮かび上がってくる。

その謎を解明すべく、真面目な学者や研究者があらゆる昔の資料を虫眼鏡で今でも調べ上げているところだが、たくさんの仮説が提唱されている中、小町は「氏女《うじめ》」という制度によって、抜擢されて京都に行けたのではないかという意見がある。まあまあ由緒《ゆいしょ》ある家に生まれて、その一族の期待を担って、小野氏一門の代表として出仕したという。つまり、小町はプロパーではなく、地方の中途採用として女官になったわけだ（ややコネを使った疑いも完全には拭えない）。

その制度には厳しい年齢制限や容姿に関する決まりもたくさんあったそうだが、未婚であることが絶対条件の一つとなっていた。結婚は一応できたらしいが、その場合は交代する必要があったので、背負わされた期待に応えるためには男性と自由に交際できなかったというのはもちろんのこと、かなりの制約に縛られながら女盛りを過ごしたのではないかとも考えられる。

パッション溢れる心の持ち主なのに、恋を夢見ることすら許されていない寂しい一生を送る……それは小町の歌があんなに苦悩に溢れている本当の理由なのかもしれない。しかも、その禁断の恋の相手が、まさかの仁明天皇とかだったりして……近くにいるのに追いかけることもできない、手を伸ばして触ることなんて絶対に許されない。胸に渦巻く想いすら誰にも打ち明けることができず、その秘密をずっと心の奥に隠し続ける、それ以外彼女に生きる道はない……葛藤に悩む小町のもう一つの顔がそこにある。たとえばこの歌。


夢路には足もやすめず通へどもうつゝにひとめ見しごとはあらず

(イザベラ流 超訳)

夢の中で1秒たりとも足を休めることなく大好きなあなたのところに通い詰めているけど、それは現実で逢ったそのたった一度に感じた嬉しさの1ミリにも満たないわ!!(遠い目)

なんかこう……わかるようなわからないような、そこまで相手のことを思ったことあるのだろうか、と自分の月並みでちっぽけな恋愛が恥ずかしくなる。愛する人のことを思いすぎて、暗闇の中で一睡もできず目を見開いて、髪の毛が乱れて、どうしようもなく涙を流している小町……みたいな絵が頭の中でできあがってしまう。自由に外出できなかった彼女が、「足を休めることなく歩き続ける」と言っているのはまさに夢の中の夢だが、現実に考えにくい行動だからこそ、その願いがどれだけ切実だったかがわかる。想像の世界にとどまっているものの、歩く、逢いに行く、通い詰めるなど、行動力溢れる描写の多用は小町の歌の一つの特徴として挙げられる。気持ちこそ曖昧で自分にしかわからないが、それを実際のアクションに置き換えることによって、感情がより現実味を帯びて、よりわかりやすい形で読み手に伝わる。漠然としたただの「会いたい」だけではなく、日毎夜毎、筋肉痛になるくらい、貴方のところに足を運んで逢瀬を重ねたい……というのは小町流のパッションである。

平安京の貴族を青ざめさせた情熱姫コンビとして、小野小町と和泉式部の名前がよく並べられ、二人とも恋の余韻をしっかりと感じさせる歌をたくさん残してくれている。そのどストレートで具体的な表現がよく似ていると言われることが多いが、一見似たような雰囲気に見えても、二人の歌には一つの決定的な違いがあるようにも思える。和泉ちゃんの歌をみてみよう。

黒髪の乱れも知らずうち臥せばまづかきやりし人ぞ恋しき

（イザベラ流 超訳）

黒髪の乱れなんて気にもせずに横になっていると、はじめてこの髪をかき撫でたあの人が恋しくて仕方ない……。

ここで描写されているシチュエーションは先ほどの小町の歌と同様である。恋人と逢えなくて、一人寝する寂しくて、長い夜。髪の毛が乱れているなんて、そんなことはどうだって良い。しかし、小町と違って、和泉の場合は恋人の気配がしっかりと現実に根ざしている。最後に会ったのがいつなのかは明確にはわからないが、彼が優しく髪の毛を撫でてくれた感触は今もリアルに残っており、それをまだ感じられるからこそ、彼の不在によってポッコリと空いた心の穴がなお一層強調される。また、黒髪の乱れという具体的なイメージは、歌を締めくくる心の乱れのイメージの兆しであり、気持ちの高ぶりを増幅する効果をもたらす。

その一方、小町ワールドは完全にファンタジーである。現実での接点は「うつゝにひとめ見し」、ただそれだけ。古文において「見る」というのは「男女が関係を結ぶ」という意味合いで用いられることが多いが、単に「眺める、見る、見かける」という意味ももちろんある。和泉の言葉は五感を通して彼女が身体で感じたものを表しているが、小町の

「ひとめ見し」というのは、それよりはるかにもろくて、不確かな繋がりであるように思える。嗚呼、切ない！

小町には、心を鷲掴みにされる苦しげな歌がまだまだたくさん。たとえばこの一首。


かぎりなき思ひのまゝに夜も来む夢路をさへに人はとがめじ

（イザベラ流 超訳）

限りない思いのまま、暗闇の中で貴方はきっと逢いに来てくれるよね。夢の中で歩く道での逢瀬ぐらいなら、さすがに目くじらを立てる人はいないでしょう。


夢の中でも他人の目を気にしなければならないほどの禁断の恋。小町の繊細な文体から彼女の苦しみとじれったさ、待つことしかできない女の宿命が痛いほど伝わっている。

ちなみに、こちらは有名な歌でよく取り上げられているが、「夜も来む」の解釈がはっきりしない。「私が貴方のところに行きましょう」と「貴方が会いに来る」という二つの読み方ができるので、主語が誰なのかは読み手次第。来るのは「私」でも「貴方」でもいいの、逢えれば！　と小町が伝えたかったからこそ、あえてその曖昧な表現にしたともいえる。もっというと、「夜」を主語として考えて読むことだってできる。それだと、「せめて夜だけでも来てくれれば、逢引きが許される唯一の道、つまり夢の中での儚い道が開かれるので、それだけでもいいの！」というような解釈になるが、迫りくる不安と焦り、溢れる想いに発狂寸前になりながら、そう呟いていてもおかしくはない。

と、妄想が頂点に達したその瞬間……。ちょっと冷静になって少しだけ持ち合わせている平安時代についての知識を振り絞ってみる。和歌は、限られた人たちの間で共有されて、その中でだけ磨き上げられた文化だ。たとえ自然を詠《よ》んだり、感情を詠んだりしても、それはありのままの自然でも感情でもなく、あくまでも「和歌」という世界の中で存在しうる一つの要素に過ぎない。荒れた自然より整然とした庭のほうが美しい、本当の景色より、歌枕として行間から見え隠れする地名のほうが美しいというのがその世界を支えている論理だ。

それを知り尽くしている貴族たちの日常において、和歌は気持ちを伝えるために使っていた手段の一つではあったものの、ただの言葉遊びとして楽しんでいたときのほうがずっと多かったとも考えられる。たとえば、歌合《うたあわせ》というイベントが頻繁に開催されていた。参加者が左右に分かれて、それぞれが予め用意されていた題について歌を詠んで勝負する。または、屛風や絵巻に描かれている人たちになりきって歌を詠み合ったりもしていた。私たちが友達とボードゲームで遊ぶのと同じように。

そこで、テレビもなくて、ネットも繋がっていない平安京のある午後の風景を想像してみる。ときは6月頃。梅雨に入り、鬱陶《うっとう》しい雨が毎日続き、じめじめしている。在原業平は有名な歌人二、三人を連れて現れる。会場に台が置かれて、みんながそれを囲って歌合の準備を始める。小野小町は扇をあおいで、「よーうつってはりますなぁ」と、宮廷に招かれた優れた女性歌人のお召し物を褒める。

みんなが席に着いて、会場が少し静まったときに、「今日のお題は叶わぬ恋」と主催者が発表する。小町はその言葉を聞いて少し微笑み、「ちょろこいことやわ〜」と呟きながら在原業平にウインクする。頭をフル回転させて、彼女は思いついた言葉を綺麗な字ですらすらと書いていく……。それは次の歌だった可能性だってもちろんある。

うつつにはさもこそあらめ夢にさへ人目をよくと見るがわびしさ

(イザベラ流 超訳)

現実では自由に逢えないのは仕方ないけれど、夢の中でさえ人目を避けて逢えないというのはあんまりじゃない！

こちらも夢と現実の対比というテーマが持ち出されている。そして得意の主語をぼかすエフェクトもばっちり適用されている。それは彼女の実体験に基づいた感情の表れという考え方も十分にできるが、当時ポピュラーだった歌にヒントを得て作った作品という解釈もあり得る。たとえば、『万葉集』には「直《ただ》に逢はずあるは諾《うべ》なり夢にだに何しか人の言の繁けむ」という歌があるが、内容はほぼ同じである。

著作権が発明されていなかった平安時代では、むしろ盗作が美徳であり、教養を見せるチャンスでもあった。そのうえで乙女心の葛藤として読むのか、それとも単なる文章のパクリとして読むのかは、読者に託されている。

様々な捉え方ができるからこそ、残された数少ない作品の中には何か普遍的なものが脈々と受け継がれているように感じる。想いの、情の、深さと強さを表現する小町は真率《しんそつ》な情感があって、何百年も隔てて生活している私たちの感性とよく似ており、何百キロも離れているイタリアの田舎にも同じような女性が存在していたとしても一切驚かない。

色香を発散し、次々に男を餌食にしてゆく魔性の女か、妄想の中の恋に夢中になりすぎたイタイ女、あるいは気風のいいキャリアウーマン。和歌の女王は様々な姿に変身していくが、依然として顔はたおやかな黒髪で隠れたままだ。それを少しでも見ようと、多くの人が何百年先も彼女の言葉を追っていくのだろう。

女であることを誇れ！　カリスマ姐さん

清少納言《せいしょうなごん》『枕草子』

平安のファッションリーダーといえばこの人

あらかじめ断っておくが、私は決してファッショニスタではない。しかし、生まれも育ちもイタリアなだけに、おしゃれの基本くらいは心得ている。パンをむしゃむしゃ食べて、地中海からの風を吸って自然と育てられる感覚。子供の頃から、母に色やアクセサリーの選び方を教えられたり、注意をされたり、それはたぶん日本人の子供が箸の持ち方と行儀を教わるのと同じように。

ベーシックスタイルでバランスをとるとか、小物に気を抜かないとか、迷ったら黒を選ぶんだとか……知らないと恥ずかしい、おしゃれの常識を長年にわたって頭に叩き込まれたせいか、それが世界共通だと信じて疑わなかった。ところが、ある日突然思い立ってイタリアを飛び出してふらりと日本に来たら、その常識を覆すものを日々目の当たりにして、その当時も今も思わずびっくりしてしまう光景に出くわすことがしばしばある。

――見苦しきもの。シックなストラップサンダルにストッキング。オープントゥーから見え隠れするストッキングの縫い目でせっかくのかわいい靴が台無し。サイズの合わないパンプス。歩いているとかかとがパカパカして、非常にだらしない感じがするの。デザインが良ければいいと思うかもしれないが、あんな状態じゃ見栄えは全然良くない。エスカレーターや駅のホームでブカブカのパンプスを履いて歩くと凄まじい音がして、振り向いて睨みたくなるの。

なんてとりとめのないことを考えていたら、清少納言のことがふと頭に浮かんだ（普通、思い浮かばないでしょうけれど……）。だって清姐《ねえ》さんは日本が世界に誇る最大級のファッションリーダー、抜群のセンスの持ち主、エレガンスの大使と言っても過言ではない人物、もう言ってしまえば、平安時代のココ・シャネル的存在。

イイ女の「鉄則三箇条」

清少納言の代表作『枕草子』は1001年頃に成立したと言われ、日本における最古の随筆《ずいひつ》文学とされている。作者は一条天皇の中宮定子《ていし》に仕えた女房で、漢文も普通に読めてしまう、才気煥発《さいきかんぱつ》な女性だったそうだ。その一方、くせっ毛に悩まされて、薄毛だったという噂もあり、見た目はそれほどよろしくなかったという説が有力だとか。

『枕草子』にはいろいろな楽しみ方があるが、学問の常識からだいぶ逸脱している私は、ページをパラパラとめくって、その日の気分に合わせて少しずつ読み進めるのが好き。「うつくしきもの」、「遠くて近きもの」、「心ときめきするもの」など、何度も読んだことのある章段もあれば、途中で飽きてしまったところもあるけれど、どの話をとっても峻烈な筆で描き出される清姐さんの美意識の高さにひたすらうっとり。

そこでやはり思う。女子力アップだの、ゆるふわ女子だの、大人かわいいだの、キラキラ女子だの、そんな言葉をよく耳にする昨今だが、イイ女の称号を手に入れて、輝く憧れの存在になりたいのであれば、今こそ目指すべきなのは清姐さんが思い描いた〈をかしき女子〉なのではないかと。手紙の書き方をはじめ、トータルファッションコーディネートや正しい恋のお作法も、清少納言が書いていることを実践すれば外《はず》れはないはず。『枕草子』の行間から感じとれるのは豊かな感性と洗練されたセンスばかりではない。女として絶対に押さえておくべき、イタリア人も納得の「鉄則三箇条」という大切なメッセージもそこに隠されているのである。

その一、まずは世界を知ろう

生ひ先なく、まめやかに、えせざいはひなど見てゐたらむ人は、いぶせく、あなづらはしく思ひやられて、なほ、さりぬべからむ人のむすめなどは、さしまじらはせ、世の有様も見せならはさまほしう、内侍のすけなどにてしばしもあらせばや、とこそ、おぼゆれ。

〈イザベラ流 超訳〉

将来に対してこれといった希望を持たずに、ただまじめに、男性にすがって見せかけの幸せを夢みて暮らしているオンナって、正直言ってうっとうしいし、見ているだけでむかつくわ。ちゃんとした家の娘なんかも、さっさと宮仕えさせて、世の中がどうなっているかを見てほしいし、できれば典侍《ないしのすけ》くらいになってみれば良いと思うわ。

姐さん、早速ビシッと言ってくれる！　この段をはじめて読んだときに、〈えせざいはひ〉という言葉が目に留まり、記憶に刻まれた。清少納言が生きた時代といえば、今から1000年以上も前だ。平安女性に対しては、選び抜かれた着物を何枚も重ね、家の中にたれこめて暮らし、相手に選ばれるのをひたすら待つというイメージが強いが、時代や状況はどうであれ、デキる人は言うことが違う！　思わずうんうんと頷いてしまうくだり。

ここでは、人から与えられるもの——経済的または精神的な安定など——は〈形だけの幸せ〉として定義づけられ、その一方、外に出て、多くの人と接し、ときに痛い目に遭う、つまり自立することが、清姐さんのいう本物の幸せ。これ、カッコよすぎませんか？

清少納言、紫式部《むらさきしきぶ》、赤染衛門《あかぞめえもん》、和泉式部など、平安のいわゆる女流文学を代表するレディスたちはみんなお勤めをなさっている。もっというと、ほぼ同じ時期に、ほぼ同じ場所にいて、ほぼ同じ仕事に携わっていた。しかし、貴族の間では女性が働きに出るというのは決してスタンダードなことではなく、そしてそれはあまりよろしいことだとされていなかったようだ。清少納言はバツイチ、紫式部は未亡人、和泉式部に至っては子持ちのバツイチに加えて、二回もリッチな恋人に死なれている。赤染衛門は唯一良妻賢母としての地位を守っているが、ダンナの政治力がイマイチで、妻が根回しをしてあげていたという噂が現代まで伝わっている程である。つまり、古典文学の数々の名作を作り上げた作者たちはみんな訳アリ物件だった。本人は絶対に認めないだろうけれど、少しはマシなオトコ運に恵まれた藤原道綱母《ふじわらのみちつなのはは》は一秒たりとも仕事しておらず、なんだかんだ言って結婚生活がそれなりに円満だった菅原孝標女も縁談がまとまり次第後宮《こうきゅう》を去り、いわゆる寿退社をしているわけである。そうした中、清姐さんのように自立や仕事を絶賛する人なんてめったにいなかったと考えられるし、時代を先取りしているともいえる。現代社会の文脈においても、当たり前のように差し出される、用意された女の生き方のレールから一歩踏み出すだけでも難しいというのに、とうの昔にこのようなはっきりとした考え方を持つ人がいたなんて驚きだ。たくさんの機会やチャンスに恵まれている私たちは果たして、彼女が思い描いていた〈本物の幸せ〉を手にしているのだろうか。

珍しく真面目なことを考え始めたのだが、そこで清少納言がいう〈典侍〉という職業って何だろうと気になった。注釈によると、典侍というのは、なんと内侍司《ないしのつかさ》という役所の次官のポジションで、宮仕えをしている女性の中では相当ハイレベルな役職。言い換えると、しばらくの間部長になってみると良いわよ、と言っているようなもので、誰でも簡単になれるものでもない、むしろハイスペックな話なのだ……。

せっかく少しばかり親近感を持ち始めたところで、所詮あなたたちは下々《しもじも》に過ぎないわよ、と一蹴して読む人の心を槍で突き刺すようなことをつい言ってしまう、それはまさに清姐さんの特徴の一つであり、彼女のプライドの高さと意地悪さが滲み出ている。利口ぶって、得意顔で自惚《うぬぼ》れている、というふうに天敵の紫式部が自らの日記で悪口を並べ立てているが、姐さんはきっと評判の通り、キツイ性格の人だっただろう。それでも12センチのピンヒールを履いて、ブリーフケースを持ったキャリアウーマンの清少納言が丸の内を颯爽と闊歩《かっぽ》するというイメージが勝手に頭の中にできあがり、その凛とした姿に憧憬の念を抱いてしまうもの。

その二、おしゃれは誰のためでもなく、自分のためなのだ

人は出でにけるなるべし、薄色の、裏いと濃くて、表はすこしかへりたるならずは、濃き綾のつややかなるが、いとなえぬを、頭ごめにひき着てぞ寝たる。香染めのひとへ、もしは黄生絹のひとへ、紅のひとへ袴の腰のいと長やかに衣の下より引かれたるも、まだ解けながらなめり。

この文章はあまりにも綺麗すぎて、拙《つたな》い超訳を添えるのが恥ずかしいので、大庭みな子先生の現代語訳を紹介させていただくことにする。

男はもう帰ったらしく、女は薄紫の、裏はこく表はすこし色あせた衣か、でなければこい紫の綾織りのまだなえていない新しいのを頭からかぶってねている。香染めの単衣《ひとえ》に、生絹《すずし》の紅の単袴《ひとえばかま》のひもが長くとけて衣の下に見える。

これは第三三段「七月ばかり、いみじう暑ければ、……（七月のある残暑の朝に）」からの抜粋だが、『枕草子』にしては珍しく三人称で書かれている。作者が第三者としてその風景を眺めているかのように話しているが、実際は彼女自身の記憶なのかもしれないし、男性とお別れする完璧な朝の単なる夢めいた空想なのかもしれない。しかし、そこで大事なのは〈人は出でにけるなるべし〉、つまりもう見ている人は誰もいないということ。相手が帰ったからといって、髪の毛はぼさぼさ、穴の開いている使い古したTシャツを着るわけにはいかない。清姐さんが想像するのは、着ている物の色や素材が細かく調和されて、仕草には無駄がなく、一寸たりとも狂いのない緻密な絵なのだ。小さなディテールでも、だらしなさゼロ、何もかもが〈をかし〉そのもの。

色、服装、アクセサリーなど、女性をより一層美しく見せるものに着目した章段が『枕草子』には多くあるが、どれをとっても姐さんのファッションリーダーとしての気質、美意識の高さやセンスの良さを物語っている。

「女の表着は薄色。葡萄染。萌黄。桜。紅梅。すべて薄色の類」とか「唐衣《からぎぬ》は赤色。藤。夏は、二藍《ふたあい》。秋は、枯野」とか、「織物は紫。白き。紅梅もよけれど、見ざめこよなし（織物は紫。白。紅梅もいいけど、見飽きすることこの上ないわよ）」とか、その言葉には一切の迷いがなく、パパッと洋服の色や形を選ぶプロのベテランスタイリストのようだ。当時、女性誌はもちろん存在しない。パリコレクションやミラノコレクションのショーを訪れるファッションピープルや芸能人のスタイルを見て夢見ることもできず、何しろ隣の姫様が何を着ているかを知ることすら不可能。そのような状況下で、華やかな世界を隈《くま》なく説いていく『枕草子』はかわいくありたいという女心をくすぐり、ファッションバイブルとしてどれだけ大切な存在だったかは容易に想像がつく。ページをめくっただけで薄暗い部屋がランウェイに変容、そのような魅力を放つ貴重な一冊である。

さらに、姐さんの教えは色合わせにとどまらず、もっと本質的なところに及んでいるとも思う。平安女子に限ったことではないが、どの国でも、どの時代においても、女性は艶めかしく、綺麗であることを一般的に求められ、その美貌の主な目的は男性を引き寄せることだとされてきた。しかし、姐さんのいう〈美しさ〉はそれだけではない。

『枕草子』の中には何人かの男性が登場しており、元旦那の話もちらっと紹介され、清少納言が男に不自由していなかったと匂わせる記述もいくつかあるものの、作品全体を通して、オトコの比重はそこまで大きくないという印象を受ける。忍び込んでくる男性は朝になったら露のごとく消えていなくなるけれど、自分がキレイでいられるという素敵な気持ちの余韻はずっと心の中に残る。見ている人がいなくても常にベストコンディションを保ち、上を目指し続けるという心構えを怠らない、それは〈人は出でにけるなるべし〉という一つの表現に込められている意義深い教えである。

その三、女たるものいつだって本気

女性が家を出ることがほとんどなかった平安時代において、化粧や服装など、最も気合いを入れるシチュエーションは儀式や式典といったようなイベントだった。外出とはいっても、実際は車に乗せられて移動するだけだったので、外の空気を満足に吸うこともできず、周りの景色を思うように堪能することもできなかったが、だからといってレディスの皆様が楽な方に流れていたわけでは決してなかった。中と外の空間を繋ぐのは、カーテンの隙間からチラつく着物の袖、ただそれだけ。だからこそ、色の組み合わせも柄も素材も完璧じゃなきゃダメ。1か所にだけ気を使って、他のところは手を抜くなんてもちろん論外なので、髪の毛、メイク、小物、すべてにおいてベストを尽くさなければならない。選ばれないと自分の将来も危うく、そのせいで親族の男性も出世のチャンスを逃してしまう、重大な責任を常に背負っていた女たち。その緊張感を想像しただけで背筋がピンと伸びる感じがする。

『枕草子』の第二六三段には、積善寺《しゃくぜんじ》詣《もう》でを翌日に控えた女房たちの最もキリッとした姿が描写されている。

御前よりはじめて、紅梅の濃き薄き織物、固紋、無文などを、ある限り着たれば、ただ光り満ちて見ゆ。〔……〕さし集ひて、かの日の装束、扇などのことを言ひあへるもあり、また、いどみ隠して、「まろは、なにか。ただ、あらむにまかせてを」など言ひて、「例の、君の」など、にくまる。

（イザベラ流 超訳）

中宮をはじめ、紅梅の濃い織物と薄い織物、模様が綺麗に見えるように工夫を施して作られたもの、無地のもの、みんなが最高に着飾っているので、部屋中は華々しくて光に満ちているかのようにキラキラしている。〔……〕女房たちがみんな集まって、儀式の日に着ていくものや扇のことについて話している人もいるし、自らのライバル意識を濁して、「私なんか、何も準備してないわよ。あり合わせでなんとか間に合わせようと思うの」とか言って、「いつもの小芝居をする気なの、あんた」と煙たがられる人もいる。

めったに許されない外出は勝負なり。それに臨もうとしている女たちの表情は真剣そのもの。近所のスーパーに出かけるくらいならこのままでいいや、というような間抜けなことなど、きっと許されていなかったことでしょう。その光景が読者の目の前にイキイキと映し出されて、それを清姐さんの目を通して見ることができるというのはこれ以上ない贅沢。彼女の鋭い目線は様々な色のバリエーションと模様を的確に捉えて、私たちもその華々しい雰囲気に浸かっているかのようにどんどん飲まれていく。衣装や雰囲気だけではなく、清姐さんの研ぎ澄まされた感性は女房たちの間に交わされている会話にも向けられ、それが非常にリアルに再現されている。その中で、張り切って準備をしてきているはずなのに、競争心を隠そうとしてみっともない姿をさらす女性の話は特に面白く、思わず笑ってしまう。努力してその程度の結果か、と言われる結末は恥ずかしい、必死にジタバタして頑張った自分の様子を他人に見せるのも気後れする、そのような気持ちは誰にでも経験があり、人間味溢れる。そういうところに自然と目がとまる清姐さんの感受性の高さはやはり素晴らしく、1000年を超える歳の差があるなんて本当に信じられない。

毒舌っぷりも手加減ナシ

感覚的に今風すぎて、現代の作家たちの中に紛れても違和感がなく、姐さんが今を生きているかのような錯覚すら覚える。清少納言の記憶を思い起こさせる作者はたくさんいるが、その一人は森茉莉《もりまり》という小説家だ。どう見ても姐さんにソックリ、魂が乗り移ったのではないかとさえ思う。

時代が大きく異なるので、二人の歩んだ運命を比較するまでもないが、それぞれの作者が綴った文章を読んでいくうちに、確かな信条に支えられて人生を全うした姿はあまりに凛々しく、奇しくも多くの共通点を見いだすことができる。もっというと同じ時代を生きていたら、二人がきっと意地悪同盟を組んでいたのではないかとまで夢想に耽る私である。

日本文壇の輝く星だった森鷗外と二度目の妻志《し》げとの長女として生まれ、父鷗外の溺愛を受けて育った茉莉は、二度も結婚に失敗して、父親の印税で辛うじて生計を立てていたが、晩年はかなりの貧困生活を強いられた。しかし、頭の中はいつだって貴族気分で小さな贅沢に余念がなかった。数ある作品の中、『贅沢貧乏』に代表される随筆風小説などには、少女時代の思い出と自らの生活における独自の美意識が呈される。そんな彼女も清少納言と同じように、気に入らないことがあればビシッとぶった切る癖があり、婉曲な表現を得意としているとは決していえない。たとえば、あるエッセイでは次のようなことを書いてしまう。

成人の日にロクな趣味でもない振袖に白の毛皮の襟巻で短かい首を一層短かくして三三五五練り歩く女の子達はウンザリである。廿の娘の初々しさはなくて、どんな座り方をするだろう、どんなようにして立ち上がるだろうと思うとスサマジイ光景が目に浮かんでくる。家へ帰ったらトタンに両足をドタリと投げ出して、帯上げに両手をかけて、グイグイ、やけにゆるめるだろう。その様子がはっきり見えるのである。いきなり炬燵に両脚を突込んで座って、帯上げを、あらあらしい様子で緩めるのだろう。

テレビのニュース番組で毎年流れる、お馴染みの成人式の映像。肌ぴちぴちの若者たちは扱い慣れてない着物の袖に腕を通し、各地で開催されるパーティーに向かう。輝かしい未来の扉が目の前に控えているからこそ、見守っている大人たちはダサっ！　と心の奥底に思っても絶対に言えない。ただ優しく見守っているだけ。この文章を書いたときに、森茉莉は既に80歳を超えていた。若さに勝るものはないと痛いほど身に染みているはずだが、容赦なくバッサリ。その言葉の切れ味と鋭さこそが、清少納言の自由な表現を彷彿させる。

さらにこのようなくだりも挙げられる。

私は年をとって髪が真白になったら、黒い服装《なり》をして、大きなダイアモンドだけが指に光っている素敵な老婦人になろうと、生意気にも企らんでいた（略）。

美しいものだけを見ていたい、その揺るぎない信念は一本、太い芯となって森茉莉の人生を決定的に方向づけたということが文章を通してありありと伝わってくる。そしてそれは清少納言の姿と重なる。

自分が常に一番だと思っている節があり、周りに合わせる気がさらさらないどころか、常識的に考えれば言ってはいけないようなことをつい口に出してしまうという性質も、贅沢好きなところも、下々と自分は違うというセレブ意識もそっくりである。二人が同じ部屋にいたらどれだけ会話が弾むだろうと空想しただけで嬉しくなっちゃう。

余談が長くなってしまったが、再び古典の世界へ。

姐さんの美意識にうっとりして、羨望の眼差しで見つめすぎたせいか、友達気分になることも少なくはないが、森茉莉にも共通している無邪気な意地悪さという側面も忘れてはいけない。知的で着こなし術も申し分ない、仕事をパパっとこなすパーフェクトウーマンでありながらも、噂があれば飛び込み、何なら自分からデマを言いふらすほどのゴシップガール……。そんな清少納言のもう一つの顔を探るべく、腹黒さ全開の段もいくつか紹介したい。

二五三段　男こそ

男こそ、なほいとありがたくあやしきここちしたるものはあれ。いときよげなる人を捨てて、にくげなる人を持たるも、あやしかし。公所に入り立ちたる男、家の子などは、あるが中によからむをこそは選りて思ひたまはめ。及ぶまじからむ際をだに、めでたしと思はむを死ぬばかりも思ひかかれかし。人の女、まだ見ぬ人などをも、よしと聞くをこそは、いかでとも思ふなれ。かつ女の目にもわろしと思ふを思ふは、いかなることにかあらむ。

(イザベラ流 超訳)

男というものは、何を考えているかさっぱりわからない。美人を捨てて、ブスを妻に選ぶというのは本当に理解できない。宮廷に出入りしている人や名門の子弟は数ある女性の中でも美人なほうを選べばいいのに。高嶺の花だって、死ぬ気で猛烈アプローチして燃え尽きるまで恋い焦がれればいいのに！　人の娘とか、まだ見たことない女性でも、美人だと噂になっている人がいたら、その人こそ狙うのが普通でしょうよ！　こっちからすればみっともない女に恋しちゃうなんて、いったいなんなのよ！

嘘をつけない……正直というか、痛快！

おかげさまで恋は盲目である。シェイクスピアも確かに言っているが、恋は目でものを見ずに心でものを見るものなので、愛の神様であるキューピッドは思いがけないところに飛べるように羽が付いており、見た目に騙されないように盲目に描かれているという。キューピッドは何もわからず弓矢で人間のハートを撃つが、美人でもブスでも、頭のいい人も悪い人も、優しい人もずる賢い人も、みんな差別なく恋に落ちるもの。しかし、ハンサムな人がブスと腕を組んで嬉しそうに歩いているのを見て、なんであんな女なんか選ぶわけ……？　と思ってしまったことが、あなたにはないでしょうか。私にはある。この文章から推測すると、姐さんも盲目理論にはそこまで納得していなさそうな感じ。

これだけでも強烈だが、まだまだ続く……。

一〇五段　見苦しきもの

色黒うにくげなる女の鬘したると、髭がちに、かじけ、やせやせなる男と、夏、昼寝したるこそ、いと見ぐるしけれ。なにの見る甲斐にて、さて臥いたるならむ。夜などは、容貌も見えず、また、皆おしなべてさることとなりにたれば、我はにくげなりとて、起きゐるべきにもあらずかし。さてつとめては、とく起きぬる、いと目やすしかし。夏、昼寝して起きたるは、よき人こそ、今すこしをかしかなれ、えせ容貌は、つやめき、寝腫れて、ようせずは頰ゆがみもしぬべし。かたみにうち見かはしたらむほどの、生ける甲斐なさよ。

(イザベラ流 超訳)

色黒で、ウィッグをつけたブスな女と、髭がもじゃもじゃで、がりがりに痩せこけた男が、夏に一緒に昼寝をするのは、目も当てられないわ。いったい何の目的で真っ昼間からいちゃついているわけ。夜なら、お互いの顔も見なくて済むし、皆寝ることになっているので、ブスだからってずっと起きている馬鹿もいないしさ。そして寝て朝早くぱっと起きるというのは一番いいよね。夏、昼寝した後に起きると、身分が高い人だったらまだ少しキュンとくるところもあるけど、ブスなら、顔が脂ぎって、目がぼてっと腫れて、最悪の場合、頰っぺたに跡がついてラインが崩れていることだってあるもの！　そんな姿になっている男女が見合わせた場面なんて、死んだほうがまし。

なんかもう……付け加える言葉はない……。真っ昼間のだらしないありさまがくっきりと描かれて、不細工な二人が目の前にいるかのように、目を逸らしたくなるくらいのぞくっと感がたまらない。

男女がお互いに顔を見ることができないという決まりになっていたので、姿を垣間見る瞬間は恋の始まりであり、非日常の一コマだった。だからこそ完璧でなくてはならない。本来であれば、摑もうとしても摑みきれない、謎めいた魅惑的な雰囲気が漂うべきだが、それが暑苦しい夏の昼間という設定になった瞬間、完全に台無し。

さらに、姐さんの辛辣《しんらつ》な筆はとどまるところを知らない……。

二九四段

をかしと思ふ歌を、草子などに書きておきたるに、言ふかひなき下衆のうち歌ひたるこそ、いと心憂けれ。

（イザベラ流 超訳）

イケている歌を、ノートか何かに書き留めておいたのに、まったく話にならないような下衆がその言葉を使っていると聞くと、何とも情けない気持ちになるわ。

厳しぃッ！　貴族に属していない人々は綺麗な言葉に触れる資格もなし。ごく限られた人たちしか美の世界にアクセスできないなんて、今思えば窒息しそうな狭い社会だったであろうと思わざるを得ない。

ちなみに、姐さんの肩を持つわけではないが、その独特の意地悪さは彼女が生きた時代の歴史的背景とも関係しているということをまず考慮しなければならない。貴族を中心とした洗練された文化が絶対的な価値観として形成されていたので、それ以外のものはすべて卑《いや》しくて見ていられないというような考え方が深く根付いていた。ポリティカルコレクトネスを重んじる昨今の世の中では、背伸びしない、他人と比べない、ありのままの自分を受け入れるという考え方があらゆるところで広がっているが、平安時代はそこまでクリーンでは決してなかった。そしてその文化を崇拝してどっぷり雅な雰囲気に浸かって生活していた清姐さんが率先して何度も話題にしているのはブスと下衆。今だったら触れてはいけないようなタブー、人を殺しそうなパワーを持つ強烈な単語が段の中で繰り返し登場するのはそういうわけだ。

さて、綺麗な人だけが綺麗なものを嗜むことが許されると信じ切っていた姐さんは誰に向かってこの日記を書いていたのだろうか。その答えは極めて簡単。一条天皇の寵愛《ちょうあい》を一身に受けた定子様である。清少納言が中宮定子を絶賛している段がたくさんあるが、その圧倒的な愛が最も表現されているのは、「うれしきもの」の一節なのではないかと思う。

二六一段

よき人の御前に人々あまたさぶらふをり、昔ありけることにもあれ、今きこしめし、世に言ひけることにもあれ、語らせたまふを、我に御覧じあはせてのたまはせたる、いとうれし。

（イザベラ流 超訳）

身分の高い方の前に人が大勢いるとき、昔話でもいいし、今聞いたことでもいいし、世間一般で噂になっていることでもいいし、そのお方が話しているときに、私に目を合わせて話を進めるのは、とても嬉しいわ！

名前こそ出ていないが、姐さんはおそらく定子のことを思い浮かべてこの文章を書いたと推測される。何万人の観客がいるコンサートで、好きなアイドルと目が合った！　と思ってしまう熱狂的なファンの気持ちと似たような勘違いぶり。後宮はどうかわからないが、アイドル側は強烈なライトの中にいるわけでおそらく誰だって見えていないけど、「目が合った」と思ってしまう気持ちも大事。だってそのほうが幸せでしょう！

完璧な生活の裏側

『枕草子』は清少納言が仕えていた約7年間の宮廷生活をもとに書かれているが、定子が輝いていた頃の1年半に焦点を当てて、その間に起きた出来事を中心に綴られている。道長が一人の天皇には一人の正妻というルールを破り、娘の彰子を中宮に仕立てたことで、定子は肩身の狭い思いをしたことだろう。実家を火事でなくし、後ろ盾になっていた男性が次々と失脚して、当時命取りだったお産の後に、24歳という若さでこの世を去った。

出家したのに還俗《げんぞく》させられたというドラマチックなエピソードもあり、彼女の人生は決して楽なものではなかった。そんなかわいそうな定子様の前に、清少納言が差し出したのが『枕草子』という作品。そこには美しさと明るさがぎっしりと詰まった実に温かい言葉もたくさん書かれていた。ブスだの下衆だの、大袈裟な表現を面白おかしく書いていたのも、聡明な定子がクスクスと笑う様子を想像していたからだろう。

諸説あるが、清少納言は定子が死んでからも『枕草子』を書き続けて、ちょっとずつ公開したともいわれている。それが正しいのであれば、執筆中の姐さんは引き籠もりの失業者だったということになる。キャリアウーマンとしての生き方を絶賛していたからこそ、つらい心境だったということは想像に難くない。

晩年についての記録は何も残っておらず、どのように過ごしたかは不明だ。

中世では女の才がかえって不幸を招くという思考が浸透し、清少納言に限らず、かの有名なレディスたちも軒並み零落させられている。紫式部は地獄に送られ、ロマンスに身を委ねた和泉式部や小野小町は容色が衰え、ボロをまとって諸国をさ迷い歩いたと言い伝えられている。嗚呼、最高に文化を盛り上げたパーソナリティーなのに、世間の目は冷たいものである……。

鎌倉時代に書かれた『古事談《こじだん》』にはそのような逸話がたくさんあるが、その中には次のような一節も。

清少納言零落の後、若き殿上人あまた同車して彼の宅の前を渡るの間、宅の体、破壊したるをみて、「少納言、無下にこそ成りにけれ」と、車中に云ふを聞きて、本より桟敷に立ちたりけるが、簾を掻き揚げ、鬼形の如きの女法師、顔を指し出だして「駿馬の骨をば買はずやありし」と云々〔燕王馬を好みて骨を買ふ事なり〕。

（イザベラ流 超訳）

清少納言が零落してから、若い殿上人《てんじょうびと》がわんさと乗っている車が、彼女の住んでいる家の前に通りかかり、あまりのみすぼらしさに「清少納言がここまで成り下がったとは」と、車の中で言っているのを聞いて、元々外を眺めていた張本人が、簾を搔きあげて、鬼でも彷彿させる形相の尼姿で、身を乗り出して「あなたがたは駿馬《しゅんめ》の骨を買わないとでもいうのですか」と言ったということである。

「駿馬の骨を買わない」というのは中国のことわざをもじったもので、どんなに落ちぶれても駿馬は駿馬、骨でも買い手はあるという意味合いを込めて引用されているようだ。

本人が書いたわけではないのに、そのセリフには彼女の勝ち気な性格がばっちり出ているところが面白い。このエピソードからうかがえる教養の高さはあばら家のすさまじい状態と対照的で、作者はきっと清姐さんを貶《おとし》めてバカにするつもりだったかもしれないが、逆にカッコいいと思ってしまうのは私だけだろうか。

そういえば前述の森茉莉も、晩年は貧困を窮《きわ》め、同じような顚末を体験している。住んでいた六畳の部屋は東京の穴蔵とまで呼ばれていたようで、ゴミ屋敷寸前だった。しかし、そんなギリギリの生活を送っていたものの、文章には切羽詰まった心境を感じさせるところがまったくなく、むしろ「私も贅沢が大好きである。『贅沢貧乏』に書いたように、上に赤のつく貧乏の中で、贅沢をした。どんな時でも、精神は貴族である」と書ける心の余裕を見せて、日々を楽しんでいたご様子。社会が理解してくれないだの、世の中は不公平だの、言い掛かりをつける怒りっぽい老人や人生の脱落者が言いそうな言葉が何一つない。清少納言がこの文章を読んでいたら、激しく同意したのだろうと、時空を超えた二人の会話をまたしても想像してしまう。

後宮から追いやられた姐さんと、文壇から忘れられた茉莉、二人とも文句の一つや二つを漏らしてもおかしくないような状況なのに、過去の栄光にすがっている様子は微塵もなく、彼女たちの目線は美しく、華やかなものにまっすぐ向けられているだけだ。それが辛辣な語り口とマイウェイを切り開く自由な性格以上に大きな共通点となっており、それぞれの作者が残した作品の魅力の源でありながら、いつまでも読者を飽きさせない秘訣でもあるように思う。

他人に見せるつもりで書いたわけではなく、思いがけず世間に漏れてしまった、と『枕草子』のあとがきには書かれているが、清少納言は最初から発表する思いでいたのではないかと私は（もちろん勝手に）思う。心の底から愛していた定子やその周りにあった文化サロンのあり方と、そこで培われたゴージャスで華麗な生活をどうしても書き残したかったからである。日常に対する不安や政治のいざこざが少しでも表れたら、その世界を作り上げていた美意識自体が揺れてしまうと感じ取った清少納言は、あえて醜い物をすべて排除し、翳《かげ》り一つない完璧なユートピアを作ったように思う。

人生はそんなにうまくいかなかったかもしれないが、彼女の筆が生み出した作品はいつまでも消えない輝かしい印象を与えることに成功し、読者を魅了し続ける力はちっとも衰えていない。どこかの田舎のボロい屋敷の一室に籠もり、ひたすら紙に筆を走らせて、揺るぎない美意識にすべてを捧げた清少納言の生き方にこそ、イイ女の基盤たるものが顕《あらわ》れる。女は弱し、されどをかしき女は強し……。

ハイスペック×素直になれない＝鬼嫁

藤原道綱母《ふじわらのみちつなのはは》『蜻蛉日記』

「うちの夫は最低」がテーマの物語

〈記憶の楽観性〉というのがあるそうだ。ある学者がいろいろな人を集めて、過去何年かの楽しかったことと、苦しかったことの思い出の統計を取ったらしい。そうしたら大概の人が苦しかったことをほとんど忘れていて、楽しかったことの方が、ずっと強く鮮明に覚えているということがわかった。その結果をもって、人間の記憶の仕組みには〈楽観性〉が働いているという結論に達したとのこと。そうかしら……とその安易な締めくくりに首を傾げて、むしろ逆なのでは……? と考えてしまう悲観的な私なのだ。本当のことを白状すると、何年も前に誰かと喧嘩になったきっかけやムカッとしたときのことについてたまたま話したりすると、その当時の気持ちにタイムスリップして、目の前にその相手がいるかのように、抑えきれないくらいの怒りが突然こみあげてくることがしばしばある。その〈怒り保存装置〉は世界ピカイチだと自負している(そんなことで自慢してどうするの⁇)のだが、その部門において私より優れている人をあえて挙げるとしたら、答えには迷わない。そう、いつまでも根に持つ面倒くさい女、他ならぬ『蜻蛉《かげろう》日記』の作者、藤原道綱母ただ一人なのだ。

古典文学を風靡《ふうび》した他のレディスと同じように、藤原道綱母の本名に関する記録はどこにも残っていない。その名の通り、彼女は藤原道綱を産んだ女性だが、今を生きる私たちには少し覚えづらく、正直にいうと、何とかならないのかなと思ってしまうネーミング。そこで、永遠に失われた本名に思いを馳せて、ここではみっちゃんと呼ぶことにする。

みっちゃんは、由緒ある藤原氏の出身だが、父親の位がそこまで高くなく、いうなればどこにでもいる受領の娘だった。しかし、彼女は「本朝三美人の一人」と言われるほどの美しさを誇り、かつ当時の教養と品格を測る物差しだった和歌もうっとりするほどうまかった。厳しい階級社会だったにもかかわらず、その類稀なる美貌と洗練された文才は低めの身分を忘れさせるくらい話題を呼び、「ミス・ユニバース・ジャパン」を主催するイネス・リグロンさんがもし平安時代をうろちょろしていたら、きっとミス平安京に仕立てたに違いない。彼女のことを知れば知るほどその才色兼備ぶりに驚かされる。

輝かしい未来が待っているだろうと、人から羨望の眼差しで見られ、憧れの存在だったみっちゃんだが、彼女は運命を狂わせるほどの恋をしてしまう。その相手は藤原兼家《ふじわらのかねいえ》。出世街道を驀進《ばくしん》する男。ユーモアのセンス抜群、和歌だって、楽器だってお手のもの。それにヨダレが垂れるほどのイケメン（らしい）。二人が結ばれ、誰もが絵に描いたような幸せな夫婦だと思ったのだが、その完璧な姿の背景に気持ちのすれ違いや裏切り、苛立ちや憂鬱感を透かし見ることができる。その悶々とした気持ちは『蜻蛉日記』という作品の土台となり、作者が筆に託したメッセージは時空を飛び超えて現代まではっきりと伝わっている。それはずばり、「あたしの21年間を返してよ」。

そのわかりやすい主題は『蜻蛉日記』の最大の特徴であると同時に、いわゆる日記文学の他の作品との決定的な相違点であり、また『源氏物語』の先駆的存在だと言われる所以なのだ。紙が高級品だった平安時代では、女性が好きなときに好きなだけ日記を書けたわけではない。その機会を与えられたスーパーラッキーな人たちは、無駄にしないように慎重に言葉を選び、自分たちの思いを綴り、一気に日記を書いていたわけだが、自らの語りにより臨場感を持たせるため、リアルタイムで書いているかのように表現上多彩な工夫を施していた。しかし、『蜻蛉日記』はその約束を真っ向から打破し、同年代の作品群に比べると異質な構造を持つものとして抜きん出ている。単なる事実の記録として見せかけようとせず、〈夫・藤原兼家は最低の野郎なのだ〉という実に明確なテーマを立てて、そのテーゼをもとに物語を発展させているのだ。

出だしはこう。

かくありし時すぎて、世の中にいとものはかなく、とにもかくにもつかで、世に経る人ありけり。〔……〕世の中に多かる古物語の端などを見れば、世に多かるそらごとだにあり、人にもあらぬ身の上まで書き日記して、めづらしきさまにもありなむ、天下の人の品高きや、と問はむためしにもせよかし、とおぼゆるも、過ぎにし年月ごろのこともおぼつかなかりければ、さてもありぬべきことなむ多かりける。

（イザベラ流 超訳）

こうして時間ばかりが過ぎておばさんになっちまって、どっちつかずの人生を虚しく送っているあたしなのだ。〔……〕世の中に出回っている物語を覗いてみると、綺麗事ばっかり。そんな嘘っぱちの内容さえ面白いと思っている人がいるのなら、このあたしが自ら経験した人並みではないことを日記にしたらどんなに面白いだろう。身分の高い人との結婚生活はどうだと聞かれた時の実例にでもしたら良いと思うわ。これでも時間と共に記憶が薄れ、たくさんのことを許せるようになった。

これは上巻の序文であると同時に、全体の序文でもある。そこで作者はもっとも話したいこと、つまり〈自らの儚い結婚生活〉という話題を早くも持ち出している。『蜻蛉日記』は上巻・中巻・下巻の三部からなり、上巻には15年間、中巻・下巻にはそれぞれ3年間の出来事が収められているが、そこには作者が兼家を愛して、待ちわびて、呪った21年間の黒歴史がどっぷりと詰まっているのだ。案の定、初っ端からキツめの口調……。

話は兼家の求婚から始まるのだが、そのときはものすごく幸せだっただろうに、語り口にはそれほどの熱が入っていないように聞こえる。それは『蜻蛉日記』全体を通していえることだが、作者が明るい話題を意図的に避けて、重くて暗い話ばかりに執拗《しつよう》にこだわっているからだ。つまり事実を取捨選択したうえで、自分が考えたプロットに沿うように出来事を陳列している。それ故に、『蜻蛉日記』はただ単に起こったことの記録ではなく、みっちゃんの頭の中に展開されている、正真正銘の物語なのだ。
皮肉を忘れずに初期の幸せな結婚生活の話をしばらくしてから、町の小路の女という兼家の浮気相手の登場が、いよいよ物語に拍車をかける。

さて、九月ばかりになりて、出でにたるほどに、箱のあるを手まさぐりに開けて見れば、人のもとに遣らむとしける文あり。あさましさに、「見てけり」とだに知られむと思ひて、書きつく。
(道綱母)疑はしほかに渡せる文見ればここや途絶えにならむとすらむ
など思ふほどに、むべなう、十月のつごもりがたに三夜しきりて見えぬ時あり。つれなうて、(兼家)「しばしこころみるほどに」など、気色あり。

(イザベラ流 超訳)
さて9月頃になって、あの人が出て行った後、箱が置いてあったから、何げなく開けて中をみてみると、よそのオンナに出そうとしていた手紙が入っているじゃありませんか。呆れてものもいえない……何もかもわかっているわよっ! とあの人にもどうしても知ってほしくて、手紙の端にこう書き付けてやった。「なんて疑わしい！　よそのオンナにちょっかいを出しているということは、もうあたしのところへ来ないつもりってことね？（チッ）」そうこうしているうちに10月になって、そして予想通りあの人がまたしても3日連続姿を見せなかった。しかも、何食わぬ顔して「貴女の気持ちを試してみようと思ってさ……」とか白々しくいうわけよ!!（ムカッ）

ヒィィィ!!　みっちゃん、本性を出したわね！　一人称〈あたし〉、二人称〈愛するあなた〉、三人称〈あのオンナ〉という恋愛文法の代名詞が全部揃った。しかも、浮気相手はなんと〈町の小路の女〉という、小馬鹿にした、意地悪さがにじみ出ている呼び名。

手紙の端に書かれた言葉は何の変哲もないものに見えるのだが、注釈を見ると、「疑はし」に「橋」、「文」に「踏み」を、また「手紙を渡す」に「橋を渡す」、「訪れが途絶える」に「橋が壊れて通えなくなる」の意味を掛けているということがわかる。さらに「踏み」「渡す」「途絶え」は「橋」の縁語《えんご》……え!?　そこまで!?　と思うくらい、どの言葉をとっても別の意味が見え隠れする。ウザさ倍増間違いなし、注釈を読んだだけでも軽く目眩《めまい》がしそうな勢いだ。

平安の貴族社会では夜這《よば》いという風習が当たり前のように存在していた。男性が他人の目を盗んで女性の寝室に忍び込んでいたのだが、その行為自体にプロポーズという意味があった。そして、どちらも不満がなく、男性が3日通い詰めれば、それはもう立派な結婚として法的に認められていたらしい。そのような背景があるからこそ、ここでみっちゃんが「三夜」にこだわるわけだ。恋人と会えない時間をカウントする初々しい乙女心ではなく、また妻をめとったのかよ、という文句が込められている。原文に出てくる「しきりて」というのは「何回も起こる」「度重なる」という意味を持つ語句だ。懲りずに何度もそうした真似を繰り返す兼家に対する腹立たしさがその一単語にばっちりと表れ、耳をすませば舌打ちの音が聞こえてきそうだ。

兼家はそのオンナと結婚して以来、みっちゃんのことはしばらく眼中にない状態に。自分の人生はこれからどうなるのかとモヤモヤする日々が続き、不安すぎて発狂寸前になりそうだが、そこでクライマックスが訪れる。

仕事と偽って大急ぎで出て行った兼家。召使に後をつけさせ、予想通りにあのオンナの家に泊まっていることがわかる。もう悔しくて、やりきれない気持ちで心がいっぱいのみっちゃんだが、2、3日したら兼家が何事もなかったかのようにフラッと現れるわけだ。門を叩いて、開けてもらおうとするが、みっちゃんは開けるもんですか！　と強気に出る。そしたら!!　兼家は悪びれもせず、仕方なく町の小路の女のところに流れるのだ。翌朝、黙ってはいられないと思って、みっちゃんはあの有名な歌を彼に送りつける。

嘆きつつ一人寝る夜のあくる間はいかに久しきものとかは知る
と、例よりはひきつくろひて書きて、移ろひたる菊に挿したり。

（イザベラ流 超訳）

「バカみたいにあなたが来るのを待ちわびて、嘆きながら一人寝をする夜は、どれだけ長く感じるか、あなたにはわかりますか？　門が開くまでの間だけでも待ちきれないあなたにはその気持ちはちっともわからないでしょうね（ムカッ）」といつもより改まった口調で書き、変色した菊の花をつけて送りつけたわ！

その挑戦状のようなメッセージを読んだ兼家は、待とうと思ったけど急用ができちゃってさ、という間抜けな返事をして穏便にことを終わらせようとする。

喧嘩するときに改まった口調に切り替えるというのは現代の恋人同士でもよく使う手口で、変色した花は彼の気持ちの変化を表している。感情的になっているはずなのに、細かいディテールまで徹底していて、ややややりすぎ感が漂うシーンだ。

このようなやり取りが延々と続き、そうこうしているうちに慌ただしく結婚生活が過ぎていくのだ。しかし、兼家にはいろいろと落ち度があったにせよ、そんなに悪い旦那ではなかったはずだ。当時は一夫多妻制、男性が同時にいろいろなところに通うというスタイルは主流だったので、兼家の女遍歴を当時のスタンダードで測るとかわいいものだ。その反面、むっとされながらも、21年間も通い続けたという事実をもっと評価すべきなのではと思われる。でも同じ文化圏に生まれたみっちゃんは、その制度のことをわかっていながらも、どうしても諦めきれなかった。彼女はウザイ女のパイオニアとして、好きな人を独占したい、愛されたいという欲望を訴え続けた。

そして作者は39才の大晦日《おおみそか》を最後に、筆を握ったまま、はたと動きを止めた。夫兼家の訪れが完全に途絶え、力が抜けたかのように書き続けることすらできなくなったのだ。『蜻蛉日記』は兼家の登場で始まり、彼の退場で幕を下ろす。

子供を産んで、その子の成長を見守ることが女性の幸福だ、と世間では長い間言われてきた。現代では「社会との結びつきを持つ」とか「自己実現ができる」とか女性にとって幸福の選択肢は増えているが、それでも私たちが目指すべき姿が何なのか迷うこともしばしばだ。道綱母は「好きな人のそばにいたい、彼から全人的に愛されたい」と思い続け、それができないとわかったときに、怒りに震えながら彼をただただ呪った。一瞬だけでもそういう気持ちを持てたことは幸福だったと思う人もいるだろうし、男にすがって、絶望を繰り返すだけの悲惨な人生と思う人もいるだろう。しかし、今を生きる私たちが彼女の気持ちを軽く笑うことができないのは確かだ。

元祖・嫉妬深い女といえばあの人

古代の物語から現代の小説に至るまで、日本文学は男の不在を嘆き、待ちわびている女性の姿で満ち溢れている。しかし、泣いてばかりの恋愛をしている女たちの中に紛れ込んで、「恋人を待つ女」という枠組みをはるかに超えて、「あいつを呪う女」という新しい領域を確立し、大人しくなんかしないというプリマドンナも確実に存在している。

妖艶で美しく、教養も品格もあってものすごくプライドが高い、そして生霊《いきりょう》を飛ばすぐらいの嫉妬深さ。超大作『源氏物語』を大きく盛り上げている六条御息所は桐壺《きりつぼ》の前の東宮の妃で、一人娘を持つ未亡人だ。源氏君は17歳のときに、そんな魅力的な女性の噂を聞きつけて、強烈にアプローチをする。当時の彼女は24歳だった。若僧なんていけないと思いつつも、源氏君の情熱にすっかり圧倒されて、嫌よ嫌よも好きのうちという感じで関係を持ってしまう。しかし、源氏君には既に葵上という正妻がいたので、自分は身分が高く、見た目も、教養も申し分ないのに、ただの愛人。既にむかつく。そして、ゲットできたはいいが、文句ばかり垂らす気位《きぐらい》の高い女性と一緒にいても若者の心は休まらず、その足はすぐに遠のいてしまう。さらにむかつく。しかも、源氏君が真逆のタイプ、おっとりしたかわいらしい小娘の夕顔に早速目移りしてゾッコン。そりゃもう……つい生霊を飛ばしてしまっても仕方あるまい。

よひ過ぐるほど、すこし寝入り給へるに、御枕上にいとをかしげなる女ゐて、「おのがいとめでたしと見たてまつるをば訪ね思ほさで、かくことなることなき人をゐておはしてときめかし給ふこそいとめざましくつらけれ。」とて、この御かたはらの人をかきおこさむとす、と見給ふ。

(イザベラ流 超訳)

夜になって少しウトウトしていたら、枕元にかわいい女がいて「貴方はちゃんとしている人だと思っていたのに、私のところにちっとも顔を見せず、つまらない女とつるむなんて、サイテー！ 見損なったわ！」と言ってそばにいる女性を引っ張り起こそうとしているのを夢に見た。

夜中に女性の霊が現れて、恨みの言葉を捲《ま》くし立てた揚げ句に夕顔の命を奪うという迫力のある場面。態度が冷たくなった男のことを思って眠れぬ夜を過ごすうちに、魂がふと抜け出し、生霊となって、源氏君が惚れ込んでいる女性のもとに飛んでいき、従順で可憐な夕顔を呪い殺してしまうのだ。物語の中ではそれが果たして御息所の仕業なのかどうかは明確になっていないが、源氏君の日頃の行いを考慮するとそう考えても差し支えない。

これはもちろん創造上の話ではあるが、背景も恋の行方も、そしてその鬼気迫る勢いと尋常ではない嫉妬深さにも聞き覚えがあるはず。そう、そこそこの身分、申し分ない美貌、歌のセンスも抜群の道綱母と御息所の姿を重ね合わせるのは容易いことだろう。

というか……六条御息所の悲劇的な恋を読んで道綱母とリンクさせないでどうするの!?と思うほどだ。ツンデレな性格も口調も、ストーリーの展開も行動パターンも、歌のスタイルまでが酷似している。

結婚して子供ができて間もなく、夫兼家の訪問のペースがぐっと減る。正妻になる見込みもなく、最初から二番手という不安定な立場がなおいっそうぐらつく。既にむかつく。そして、違う女に宛てた手紙を発見してしまい、夫の浮気が確定。さらにむかつく。しかもその女、『蜻蛉日記』に出てくる愛人その一こと町の小路の女、は自分より家柄も顔もスキルも何もかもレベルが低いと知る。そりゃもう……つい怒り狂っても仕方あるまい。


孫王のひがみたりし皇子の落胤なり。いふかひなく悪きこと限りなし。ただ、このごろの知らぬ人のもて騒ぎつるにかかりてありつるを、にはかにかくなりぬれば、いかなるここちかはしけむ。

（イザベラ流 超訳）

あの女は天皇の孫むすめだが、ろくでもない皇子の隠し子だわ。いぅ価値もない、くだらない素性だ。いろいろな事情を知らないこの頃の人たちが騒ぐからいい気分になっていいただけなんだろうね、実にみっともないわ。こんなことになってどぅ思うだろうね。

言葉の端々から怨みがぐんぐん伝わってくる感じがたまらない。作者がこの文章を書いた時点で、兼家の浮気から既に十数年以上が経っていると推測されている。たとえ大昔のことだったとしても、やはり自分より卑しい相手のほうが選ばれたという侮辱は忘れないもの。

しかし、御息所と道綱母の共通点は、嫌味たっぷりの口調と、真の犯人である男ではなく相手の女に怒りを向けてしまうという愚かな思考回路だけではない。たとえば、『源氏物語』の有名なエピソード、六条御息所と葵上の車争いも、『蜻蛉日記』の歪んだ世界にインスパイアされていると思われる。『源氏物語』のバージョンはこちら。

「さばかりにては、さな言はせそ。大将殿をぞ豪家には思ひきこゆらむ。」など言ふを、その御方の人もまじれば、いとほしと見ながら、用意せむもわづらはしければ、知らず顔をつくる。

つひに御車ども立てつゞけつれば、人だまひの奥におしやられて物も見えず。心やましきをばさる物にて、かゝるやつれをそれと知られぬるが、いみじうねたき事限りなし。

(イザベラ流 超訳)

(葵上が)「愛人の分際でよくいうわ。大将殿(源氏)にそれほど好かれてもいないし、黙ってなさいよ」などと嫌味をいう。葵上と一緒に来ていた人たちの中には光源氏の従者も混ざっていたので、当然御息所のことを知っていて、哀れだと思っていたが、いろいろと面倒なので知らんぷりする。

とうとう御息所の車が葵上のスタッフによって後ろに押しやられて、見物が一切できない状態に。頭にくるというのはいうまでもなく、目立たないようにしていたにもかかわらずみんなにばれてしまったことが悔しくてたまらない。

気晴らしにお出かけした御息所は何と! 禁断の恋に落ちてしまった相手の正妻である葵上と鉢合わせ。気まずさマックス……。葵上の従者たちが御息所をぐいぐい押し込んで、車も心もプライドも粉々に。自分がただの愛人なうえに大事にされていない、そのみじめな姿が世間にさらされることになる。悔しいといったらない……。
『蜻蛉日記』においても正妻と愛人の鉢合わせ場面がある。『源氏物語』のエピソードに比べると臨場感に欠けるかもしれないが、ライバルの間で繰り広げられる言葉のバトルにハラハラドキドキ。『蜻蛉日記』ならではの「車争い」がこちら。

このごろは、四月。祭見に出でたれば、かの所にも出でたりけり。「さなめり」と見て、向かひに立ちぬ。待つほどのさうざうしければ、橘の実などあるに、葵をかけて、
（道綱母）あふひとか聞けどもよそにたちばなの
と言ひやる。やや久しうありて、
（時姫）きみがつらさを今日こそは見れ
とぞある。（侍女）「憎かるべきものにては年経ぬるを、など『今日』とのみ言ひたらむ」と言ふ人もあり。
帰りて、（道綱母）「さありし」など語れば、（兼家）「『食ひつぶしつべきここちこそすれ』とや言はざりし」とて、いとをかしと思ひけり。

（イザベラ流 超訳）
この頃は、4月、葵祭の見物に出かけたところ、あの女（兼家の正妻、時姫《ときひめ》）もい

た。すぐにわかって、通りの向かいに牛車を止めてやった。行列が来るのを待つ間はやることもなく、橘の実などがあるので、葵の葉をひっかけたものに歌を添えて「人に逢う日だと聞いているけれど、あなたは車を立ち止めたままだね……」と送った。だいぶ時間が経って、「あなたの冷たさを今日、はじめて知ったわ」という返事が来た。「ええ!? 長年憎たらしい存在と思っているはずなのに、なんで今さら『今日』って強調するわけ? これまでは気にしてなかったりして!」とその返事を聞いて驚いた反応をする侍女がいた。

屋敷に戻り、たまたま来ていた兼家にその話をすると「噛み千切ってやるとか言わなかったか」と彼が私たちのやり取りを面白がっていた。

兼家と道綱母がまだ仲が良かった時期の記録。しかし、公の場で正妻と愛人がばったり会ってしまうなんて、修羅場《しゅらば》の臭いがぷんぷんだ。一生忘れないような憎たらしい相手に直接ガツンと言ってやることができないというのはこの時代の最もじれったいところ。

この件で特に気になるのは「やや久しうありて」という言い草。自分は手持ち無沙汰だわと思ったらぱっと歌を詠むことができるが、時姫は返事をよこすまでだいぶ時間がかかってしまう、つまりそれほどスマートではないということが強調されている。負けるまいという競争心が働き、時姫に仕えていた女たちも一緒になって頭をフル回転させてブレストをしている姿が目に浮かぶ。そして、向かい側の車の中に、困っている相手を鼻で笑っている道綱母のドヤ顔も大いに想像できる。そのエピソードを聞いた兼家も正妻をからかい、愛人の肩を持っている様子を示しているので、今回ばかりは道綱母の勝利に終わるが、二番手であることには変わりはない。自分のほうがイイ女なのに……という悔しい気持ちはその「やや久しうありて」という言葉に凝縮されている。

そして再び物語の世界へ。

葵上との車争いの一件でかなり侮辱を受けた御息所は体調を崩す。しかし、それでも源氏君は一切顔を見せず、他人行儀な手紙を送るだけだった。それに対して御息所は

袖濡るゝこひぢとかつは知りながら下り立つ田子の身づからぞうき

(イザベラ流 超訳)

涙をいっぱい流して損する恋だと知りながらも、泥の中に踏み込む農民のように、
その茨の道に踏み込んでしまうなんて私が愚かだったわ

という歌を返す。なんて切ない！「こひぢ」は「泥」と「恋路」の掛詞。「みづから」

は「自ら」と「水から」を掛けていて、「うき」は「浮き」と「憂き」を掛けている。そして、理性を吹っ飛ばす感情の嵐と汚い田んぼという正反対のイメージを用いることで、自分と源氏君がこの関係に注いだ気持ちの差異を表している。一見シンプルに見えて、様々な工夫が施されている高度な歌も、歌人として絶賛されていた道綱母を彷彿させる。

御息所はその後、葵上を呪い殺す。愛を追求するあまり、自分自身をコントロールできなくなり、気が付かないうちに魂が何度も抜け出し一人歩きして、他人を傷つけてしまい、死に追いやる。その行動は自分で制御できず、後から自ら引き起こした悲劇に気付き、ショックを受ける。恐ろしくて切ない。

紫式部は御息所と同じくらい嫉妬したことがあるのだろうか……。恋敵《こいがたき》を殺したくなる程、深い愛情と裏切りを体験したことがあるのだろうか。それとも、恋愛経験が乏しいとされている天才作家の紫は、『蜻蛉日記』や失われた昔話の狂暴な女たちへのオマージュとして御息所を創作したのだろうか。道綱母もまた、21年間、兼家以外の男性に想いを寄せることは一度たりともなかったのだろうか。あんな長い時間、神経衰弱ギリギリな状態のままでどのようにして生き抜くことができたのだろうか……。

根深い嫉妬の系譜が産んだ様々な物語が交差して、嘘と誠の境界線が薄くてもろくなる。どこまでが虚構でどこまでが真実なのかは永遠にわからないが、〈嘆きつつひとり寝る夜〉という言葉に表れる切なくて悔しい想いだけは間違いなく真実味に溢れている。

恋の仁義なき戦い・4ラウンド

「男同士は本来、お互いに無関心なものだが、女は生まれつき敵同士である」とは、何につけても悲観的な哲学者、アルトゥル・ショーペンハウアーが残した名言の一つだが、確かに思い当たる節がある。女同士の関係は、グループ内の派閥が激しく、男性が絡むと非常に面倒、陰口が多いわりに必死に褒め合うことが鉄則、どう振る舞っても遅かれ早かれ地雷を踏んでしまう。なんて怖い生き物だ……。

時代や文化は違えど、女性の本性を知り尽くした清少納言姐さんもショーペンハウアーと同じようなことを思ったようで、『枕草子』の中の「ありがたきもの」という段を以下の文章で締めくくっている。

男、女をば言はじ、女どちも、契り深くてかたらふ人の、末まで仲よきこと、難し。

（イザベラ流 超訳）
男と女は言わずもがな、女同士でもなんでも話せる人と、ずっと超仲良しということはほとんどあり得ない。

この章段のタイトルに使われている「ありがたき」というのは、「あることが難しい」という意味から「めったにない」というニュアンスで用いられる。仕事をバリバリとこなし、ビジネスシーンではキラキラと輝き、宮廷で何度も修羅場をくぐってきたキャリアウーマンの清姐さんの言葉だからこそ、意味深なところがある。

平安時代の女流文学作品は、女性によって形成された極小コミュニティーを中心に綴られているだけあって、かなりの確率で女同士の煩わしい関係が話題に上る。中でも、その行動心理自体が認められるはるか前からマウンティング女子として周囲を困らせた女がいる。それはいうまでもなく、みっちゃんだ。

プレイボーイであることが男の宿命だった平安時代で、一途な愛を求めていたみっちゃんは生まれる時代を間違えてしまったと言わざるを得ない。そして、選ばれる側にいたいとひたすら願っていた彼女は、選ばれない傷ついた心を、物語を通して癒やしている。これ以上負けたくない、負けてしまうと価値のない女になっちゃうという緊張感でピリピリして、やたら張り合うその心理が行間からはみ出るほどだ。その愚直なまでに素直な想い、ちくちくねちねちな独り言がうっとうしいと思いつつもなぜかやみつきになる。

そして、長年の恨みつらみがたっぷりと並べ立てられている『蜻蛉日記』の中では、脳裏に強烈な印象を刻みつける女同士のガチンコ対決が読みどころ。髪の引っ張り合いこそないが、暴言を吐いて攻撃するシーンもなかなか臨場感溢れるものだ。

対決その一、みっちゃんvsセレブ正妻、時姫様

好きな人の正妻なんて、可能なら記憶から抹消したい存在だが、みっちゃんはなんと自ら進んでコンタクトをとる。

おほかたの世のうちあはぬことはなければ、ただ、人の心の思はずなるを、われのみならず、年ごろの所にも絶えにたなりと聞きて、文など通ふことありければ、五月三四日のほどに、かく言ひやる。

（道綱母）そこにさへかるといふなる真菰草いかなる沢にねをとどむらむ

返へし、

（時姫）真菰草かるとは淀の沢なれやねをとどむてふ沢はそことか

（イザベラ流 超訳）

周りの人たちは何も知らないから、私たち夫婦が順風満帆だと思っているだろうけど、彼の心はどうしても私の思い通りにならなくって……。こちらだけではなく、長年通っていた時姫様のところもかなりご無沙汰だと聞き、以前連絡を取り合ったこともあったので、五月三、四日ぐらいに歌を送った。

「あの方はあなたのところも最近行ってないわね。真菰草《まこもぐさ》のような彼は一体どこに根を下ろすつもりかしらねぇ」

それに対して

「そのセリフ、そのままお返ししますわ。貴女のところに入り浸っているんじゃなくって？」

兼家の浮気が確定、みっちゃんは焦り気味な感じ。それにしても何を思って時姫に連絡をしようと思ったのだろうか。かなり理解に苦しむ行動だ。時姫は作者より2年ぐらい前に兼家と結婚して、みっちゃんへ乗り換えられた相手だ。同じ立場になったとはいえ、その人に同情を求めるというのはお門違いもいいところ。そこで思うのだ……。自分より、時姫への通いのペースがスローになっているると確信しているみっちゃんは、少しでも勝ちたいと思ったのではないかと。同じ苦しみを分かち合うというよりも、相手より自分のほうが優位に立っていることを証明するための行為とでも取れるわけだ。

時姫とみっちゃんのやり取りの中に、「底」／「其処」、「刈る」／「離（か）る」つまり夜離れ、「根」／「寝」が掛けられている。掛詞や隠語を使うことで和歌の意味合いを広げるというのは一般的な機能ではあったが、この二人の女性の和歌を比べると、単語に隠されているヒントを見落とさずに、一つひとつに対して丁寧に、注意深く反論している。もはやこれは執念以外の何物でもない……。しかし、これはまだまだ序の口。

対決その二、みっちゃんvs町の小路の女

ランクが低い、大した才能も美貌もない人が自分より寵愛を受けるなんて、許しがたい。兼家がその女を車に乗せて、みっちゃんの家の前を大っぴらに通ったりして、耐えがたい日々が続く。嗚呼、死にたい、という想いを綴るが、正直なところ、あの小娘をこの手で殺したいとでも言っているように聞こえてしまう執念深さがうかがえる。そして……。

かうやうなるほどに、かのめでたき所には、子産みてしより、すさまじげになりにたべかめれば、人憎かりし心思ひしやうは、「命はあらせて、わが思ふやうに、おしかへしものを思はせばや」と思ひしを、さやうになりもていく。果ては、産みののしりし子さへ死ぬるものか。〔……〕「わが思ふには、今少しうちまさりて嘆くらむ」と思ふに、今ぞ胸はあきたる。

（イザベラ流 超訳）

そうこうしているうちに、少し前まではヒートアップしていた町の小路の女との関係は、子供が生まれたらすっかり冷めたようだ。あの女の命をそのまま生かしてお

いて、私の望み通りに、私が苦しんだ分をたっぷりとお返ししたいと、彼女を恨んで心の中に思っていたが、なんと思い通りになったわ！　ついには大騒ぎして生まれた子も死ぬなんて、してやったり。〔……〕私より嘆いて苦しんでいるだろうと思うと、やっと満足だわ。

凄まじい狂気と圧力だ。寵愛を失って、産んだ子供まで喪《うしな》ってしまった女性に対してそこまで毒を吐くなんて正気の沙汰とは思えない。相当なストレスによる本音炸裂だったのだろうけれど、ちょっぴり怖い。そして、この『蜻蛉日記』もまた、プライベートな記録でありながら、もちろん平安京のレディィスの間で読み継がれているものでもある。障子や御簾で仕切られている薄暗い空間の中、ひっそりと呟き合う女たちは、行間からぷんぷんと漂っているこのやり場のない怒りをどのように受け止めていたのだろうか。今でも圧倒されてしまいそうだが、登場人物を実際に知っていた当時の読者はさぞ複雑な気持ちになっていたことだろう。さらに続く……。

対決その三、みっちゃんvsぴちぴち娘、近江

飛び飛びではあるが、文句ばかり羅列する女と付き合い続けた兼家は、やはりみっちゃんが訴えているほど嫌な奴ではなかったはずだ。何度も小言を言われ、ときに訪問を拒否され、手紙を漁られ、召使に尾行までされていた。みっちゃんが夫を悪者に仕立てようとしている努力が伝わってくるのだが、それはまるで逆効果で、怒りっぽくてツンデレな貴婦人に翻弄されているのは兼家のほうなんじゃないかと思ってしまうほどだ。でもまあ次々と愛人を作っては結婚して、あっちこっち通い詰めていたということはどうも本当らしい。そこでさらなる対決の相手は新しい恋人、近江《おうみ》という人。あのみっちゃんもここは今までと違って、怒りを炸裂させてその気持ちを和歌に乗せて挑戦状を作ったりなどせず、家出して尼《あま》になろうかしら、と少し弱気な一面を見せる。

結婚生活の間は、どんなことがあってもお正月には必ず訪れていた兼家だが、今回は新しい恋人にぞっこんでとうとう姿を見せない。新年の宴会から帰ってくる牛車が家の前を通るが、止まる人はいない。今か今かと心を躍らせている侍女たちは、貴婦人の顔色を窺いながらなんとか励まそうとしているが、その努力は無駄に終わる。

またの日は大饗とてののしる。「いと近ければ、今宵さりともところみむ」と人知れず思ふ。車の音ごとに胸つぶる。夜よきほどにて、皆帰る音も聞こゆ。門のもとよりもあまた追ひ散らしつつ行くを、「過ぎぬ」と聞くたびごとに心はうごく。「限り」と聞き果てつれば、すべてものぞおぼえぬ。明くる日まだつとめて、なほもあらで文見ゆ。返りごとせず。

（イザベラ流 超訳）

次の日は立派な宴会があって騒がしい。我が家から大変近いところで開催されていたので、あの人はいくら何でも今夜こそは顔を出すに違いない、と内心期待もしていたわ。車が通る音が聞こえてくるたびにドキドキする。夜がかなり更けたころ、招かれた客が少しずつ帰っていく音が聞こえる。我が家の門の前を通って、次々と去っていくのを、嗚呼、一台過ぎた、もう一台過ぎた、と聞くたびに感情が高ぶり、胸がうずく。最後の車が通り過ぎて行った音が遠くなって消えていくと、私はもう唖然として、頭が空っぽになった。

翌朝、悪いと思ったからかあの人から手紙が来た。シカトしてやった。

素通り……やはりつらい。ひたすら待ってしまう長い夜。闇の中で耳を澄ませて、すべての音が気になって、あの人の気配を探る。通り過ぎていく車の音で落胆して、また身体が緊張する。相手が来るかもと思って、髪の毛をセットして、着物を慎重に選ぶ。浮かれまいと思って自分を抑えようとしても、胸が期待で膨らみ、そして裏切られる……悲しみは決して癒えることはない。そしていよいよ最後のステージへ……。

対決その四、ラスボス兼家

耐えきれず家を飛び出したみっちゃんが鳴滝《なるたき》の般若寺というところに籠もる。『蜻蛉日記』のハイライトとも言われている「鳴滝ごもり」というエピソードの始まりだ。作者は当時の出来事を振り返り、やり取りを正確に再現しているが、こちらも真剣に読もうにも、何もかもが滑稽すぎる。

妻がいきなり寺に籠もってしまったので世間体が悪いと思って、兼家はすぐさま駆けつける。しかし、物忌み中で、車から降りられず直接説得できない。そこで二人の間の連絡係に起用されたのはなんと、母親についてきた幼い道綱だ。数百メートルの間を何度も何度も往復してへとへとになりながら必死に伝言を届ける。しかし、みっちゃんが折れないので、兼家が次第に不機嫌になって「お前の伝え方が悪い」と道綱に怒り、母親も「お前が頼りない」とさらにイライラする始末。らちが明かないので、兼家は京都に帰ろうとし、道綱が耐えられないから連れてってと父親に頼んでもあっさり拒否。しくしく泣きながら諦める道綱……他の兄弟に比べて出世がかなり遅れて、父親のような政治的な才能を見せず、母親のような文学的な才能の遺伝も微塵もなく、役に立たない使えないやつだったそうだが、子供のときにこんなトラウマがあったのだ、と同情してしまう。

この時代には夫に振り回されてじっとしていた女性がほとんどだったが、みっちゃんは違った。嫉妬を飼いならして友達にすれば、それは色事においてこの上ない刺激物になったかもしれないが、ツンデレでプライドの高い貴婦人はその感情を器用に処理できなかった。夢見ていた結婚生活を手に入れるために、ボロボロになりながら様々な相手と戦い抜いた。最後は負けてしまったかもしれないが、緊張感溢れる、わくわくする試合を見せてくれた。

長年の結婚生活に終止符を打って、道綱母がその後どのような生活を送ったかは誰にもわからない。しかし、はっきりと言えるのは、彼女の想いと情熱はかげろうのように消えるどころか、今でもイキイキと魔力を発揮しているということだ。

『蜻蛉日記』は、藤原道綱母がその心のマグマを鎮《しず》めるために書いたのではないか、と私は思う。自分を捨てた最愛の夫に復讐をしようとしても、家の中にたれこめて暮らしていた女性には何の行動も起こせなかった。だからこそ彼女が持てた唯一の武器、つまり筆を使って復讐を果たしたのだ。

自らの結婚生活を自己流に解釈して、兼家というキャラクターを作り上げて、彼が悪役になるように巧妙にストーリーを組み立てた。和歌のやり取りにおいて、兼家の返事が何回か省略されている段があるのだが、そうすることによって作者は文字通り反論をする権利を夫から奪ったのではないかと思う。リアルの世界でできなかったことを、文学の世界で成し遂げた、パッション溢れすぎてちょっと怖い女、藤原道綱母……。

「復讐という料理は冷えてから食べると一番おいしい」という言葉があるのだが、今でもみっちゃんの復讐の料理はアツアツ。悪いとわかりながらも、抑えきれないくらいの嫉妬と怒りを心の奥底にしまっている人たちはいつの時代にも存在し、『蜻蛉日記』は自分だけがつらい思いをして生きているのではない、とその姿に語りかけて心の傷を癒やしている。

語り継ぎたい破天荒カップルたち

『伊勢物語』の女たち

日本最古の「大人の童話」

幻想と官能の入り混じった独特の表現スタイルで知られている作家、倉橋由美子《くらはしゆみこ》は『大人のための怪奇掌篇』や『老人のための残酷童話』など、変わったタイトルの本を数冊出している。日本昔話、ギリシア神話、アンデルセンやグリム兄弟の作品をはじめ、誰しも一度は読み聞きしたことのある話が収録されているが、作者は多岐にわたる材料を独自にアレンジし、「大人の味」というスパイスをつけて、斬新なものに変身させている。みんなが熟知している展開を壊さずに、優美な毒を盛って、ブラックジョークを交えたエロティックな風味を少しずつ加えていき、読めば読むほどその見事なテクニックに病みつきになる。そして、一つひとつの小さな物語をゆっくりと味わっていると、はっと気付かされる。童話というものは大人になってから読む方が断然面白いんだ、と。

子供の頃には何も不思議に思わず夢中になって読み耽っていたが、よく考えると童話では妙なことが次々に起こる。登場人物は行動力に溢れているものの、その心理は一切明かされない。当たり前のように、動物が急にペラペラとしゃべりだし、大抵の場合はそこらの王様や姫様より的を射たことをいう。さらに、ライオンだの、ドラゴンだの、得体のしれないモンスターだのが出てきて、人間がよくパクッと食われてしまう、なかなか厳しい世界なのだ。

日本の昔話といえば、「鶴の恩返し」「桃太郎」「一寸法師」「花咲かじいさん」……かなりシュールなものが多い。しかし、純白な色恋にクローズアップするヨーロッパのメルヘンと異なり、日本のお伽話《とぎばなし》の主人公はおじいさんとおばあさんだったり、まじめに育つ子供だったり、出世するために懸命に頑張っている地に足のついた好青年だったりするので、どことなく色褪せたセピア色の残像に見えてしまうところがあり、愛だの、恋だの、無駄に思い悩んでいる男女は姿を見せない。「むかしむかし、あるところに、おじいさんとおばあさんが住んでいました」という決まり文句は大人抜きの世界への入り口と化している。

そこで、働き盛り、美貌真っ盛りの成人たちはどこに隠れているのだろうか、とやはり気になって仕方がない。

あくまでも私見だが、日本の童話界から抹消された、愛と欲望に燃え上がる大人たちの空白を埋めているのはかの有名な『伊勢物語《いせものがたり》』なのではないかと思う。あれ!? 童話じゃないじゃん……と思わず呟いた読者がきっといるに違いない。その疑問ももっともだが、妄想癖だけが取り柄の私は、『伊勢物語』を形成する数々の短い物語を一心不乱に読んでいくうちに、心なしか、それが子供の時分に読んでいた懐かしい童話と似ているように感じてしまい、理性を吹っ飛ばして、その魔法に満ちた言葉にまたしても耳を傾けたくなる。それで今回は、文字を覚えたての頃、目の前にずらりと並んでいるテキストを注意深く音読していた気持ちを思い出しながら『伊勢物語』への扉を開いて、その舞台に登場する大人たちのシルエットを追ってみたいと思う。
さて、早速出だしを見ておこう。

むかし、男、初冠して、奈良の京、春日の里に、しるよしして、狩にいにけり。

〈イザベラ流 超訳〉

昔、あるオトコが元服《げんぷく》をして、奈良の都、春日《かすが》の里に、領地があったので、狩りに出かけました。

古典作品は主人公の素性や出身地などといった説明から始まるのが一般的だが、本作は例外的に唐突なスタートを切っている。お馴染みの「むかし」に時制を設定しつつも、今回はおじいさんもおばあさんも子供もいない。元服、つまり成人式を経たばかりの、フェロモン絶賛分泌中の若衆がいきなり登場。「初冠」という言葉こそが作品全体の性格を早くも明らかにしてしまう、恋愛の第一関門を通過するための必要不可欠な合言葉なのだ。ようこそ、大人の世界へ……。

主人公もあらすじも暴走気味

周知の通り、『伊勢物語』は平安時代に流布した歌物語の一つである。誰によって、いつ頃執筆されたかについては未だに決着がついていないが、一人の作者の想像によるものではなく、複数の編集者が手を加えて、長年に渡って注がれた努力の集大成だという説が濃厚。各章が独立した短編となっており、様々な愛欲図が描かれていることから、『源氏物語』の中でも色好みの理想像を説いた作品として絶賛されている。

多くの段に登場する主人公は平安初期に活躍した有名な歌人、在原業平であることが一般常識となっている。作中では名前こそ明記されていないが、紹介されている和歌や歴史的なエピソードから、各々の小話の出だしを飾る「むかしをとこ」（略してムカオト）の面があっさりと割れている。本人に気を使って匿名《とくめい》にしていたのであれば、その作戦が大失敗に終わっていると認めなければならない。そして（ウソかもしれないという話も含めて）数えきれないほどのアバンチュールの真相が次々と暴露されることによって、ムカオトこと在原業平はハンサムなうえにプレイボーイの名声を持つダメンズとして歴史に名を刻むことになった。

初段では早くも姉妹に手を出してしまうムカオトだが、読み進めるにつれて、年上、年下、上品なお姫様に女中、旅先で見かけた見知らぬ女、隙間から姿をチラ見した色好みの女房、絶対にちょっかいを出してはいけない斎宮《さいぐう》と、相手に対してこだわりを見せないというか、はっきりいってまったく節操がない。

そのチャラさゆえに、ムカオトは絶体絶命のピンチに陥ることが多いが、数ある冒険のなかでも「芥河《あくたがわ》」というエピソードは特に有名だ。それは都に住んでいたムカオトが身分の高い女に惚れ込んで、駆け落ちしてしまうという話である。

雷が鳴り、雨がザーザーと降っている夜に、恋人たちはこっそりと屋敷から抜け出すことに成功する。逃げてきた芥河のほとりで雨宿りをしようと思って、男が道すがらたまたま見かけた蔵に女を押し込み、入口でガードをする。しかし、その荒れ果てた蔵はなんと恐ろしい鬼の住処《すみか》だった。中に足を踏み入れた瞬間、女はその鬼に食べられ、消えてしまう。翌日、惨事に気付いた男が、涙を流しながら次の歌を詠む。

白玉かなにぞと人の問ひし時露とこたへて消えなましものを

(イザベラ流 超訳)

「あれは真珠かしら?」とあの人が尋ねたときに、「露だよ」と教えてあげて、一瞬にして消えてしまう露と同じように俺も死んでしまえばよかった。

焦って逃げている最中に、草についた露が輝いているのを見て、「これなあに？」と女が甘えた声で男に尋ねた。男は余裕がなくその問いを無視してしまうが、女の姿はもうどこにもないとわかったときに、答えなかったことを深く反省し、そのナイーブな質問に詰まっていた彼女の無邪気な心が思い出され、悲嘆に暮れる。

露も知らないのかよ、という冷めた見方もできるが、脆くて頼りなさそうで、世間知らずな姫様だからこそ、ムカオトの心を奪うことができたとも思える。また、歌に強調されることによって、見落としてしまいそうな、小さなディテールがストーリーの中心になるというサプライズがそこに用意され、ちょっとした仕掛けの盛り込まれた構造となっている。露と同じように、慌ただしい物語に埋もれそうな些細なエピソードがキラリ。

しかし、もう少し突っ込みを入れるとすれば、土砂降りの雨が降り続き、あたり一面が暗闇に包まれているにもかかわらず、一体どうやって夜露が女性の目にとまったのだろうか、とその超人的な視力に驚くばかりである。もっというと、当たり前のように出てくる食人鬼の存在も引っかかる。女はペロッと食べられてしまう前に悲鳴を上げるが、ちょうどそのときに雷が鳴り、騒がしかったので、男には何も聞こえなかったと書いてある。それなのに、女が失踪したとわかったとたん、なぜ彼女を探そうとせず、すぐに鬼の仕業だと断定できたのだろうか。深く考えれば考えるほど、不可解なことが次々と浮かび上がってくる。

　ややホラータッチな話だと思い始めたところで、歌の後に続く解説を読むと、それは本物の鬼ではなく、女性を取り戻しに来た親戚の人だったということが明らかになる。「鬼はや一口に食ひてけり」と生々しく描写したばかりなのに、「それを、かく鬼とは言ふなりけり」というふうにさらっと流して、最後にまとめているが、物語としてはかなり雑な作りであると言わなければならない。しかし、不思議なことに、支離滅裂な展開になっていても、そこまで気にならない。

　それはなぜかというと、『伊勢物語』は私たちが知っている社会のルールを完全に無視して、独自の論理に統治されているからである。その中ではしっかりと現実を捉えた起承転結より、歌を通して語られる直感的な事実のほうがはるかに大事とされている。そして、その文脈においてこそ鬼が女を貪《むさぼ》り食っても不思議でも何でもない状況が成り立つのだ。実際のところ、本当の鬼だったのか、もしくは親戚の殿方だったのかというのはそれほど大した違いではない。どちらにせよ、女は手の届かないところに消えてなくなり、ロマンスが成就されないままで終わってしまう。見知らぬ作者が伝えたかったのはその紛れもない事実、ただそれだけだ。

　とても簡単でストレートな話だが、それを楽しむには理性をオフにして、ロジカルな考えを捨てて、童話を読んでいる子供と同じように、書いてあることを文字通り信じるしかあるまい。「なぜ?」と追及するのは禁止である。

　さて、突然の別れを突き付けられて、多少落ち込むムカオトだが、立ち止まるわけにはいかない。まさにショウ・マスト・ゴー・オン。高嶺《たかね》の花の姫君の事件のせいで、都での評価はがた落ち。そこで「そうだ、東国にしばらく行ったらみんな忘れてくれるっしょ」と思い立って旅に出て、さらなる冒険に飛び込んでいく。ムカオト自身、いつだって本気で着物の袖を涙で濡らしているようで薄情だったとも言い難いが、切り替えが早いというか、さすがのチャラさである。

　その波乱万丈の私生活のせいか、紀貫之はムカオトこと業平について「その心余りて、言葉足らず（情熱こそあるけど、言葉はついていけてないな……）」と評価している。歌に込められている感情は現行の言葉で表現しきれないという意味合いになっており、それは決して非難ではないが、自由すぎる恋愛スタイルのこともほのめかされているような気がしてならない。

　『伊勢物語』の中で紹介されている歌は業平が詠んだものが多い。しかし、ここで注意をしなければならないのは、綴られているエピソードのすべてが必ずしも業平の話ではないということだ。さらに、前述の通り、本作は複数の人に書写されているので、部分的にカットや追加があり、構成まで変えられていることも極めて重要である。それゆえ、たとえ半分架空の人物とはいえ、その恋愛の数は一人の男性が経験しうるよりはるかに多く、バリエーションも一人の作者が想像しうるよりはるかに豊富だ。

そこにあるのは愛の喜び、叶わぬ恋の苦しさ、ズタズタに心を引き裂く別れの寂しさ、二股のスリル、ノリノリのナンパ、色好みの男女のちょうどいい軽さ……江戸時代まで親しまれて、愛され続けたロングセラー『伊勢物語』はまさに現代にも十分に通じる正真正銘の恋愛バイブル、実にバラエティに富んだシチュエーションに合わせて作成された恋の実用書である。

もはやホラーと化す再婚騒動

当時の狭い貴族社会の中ではスキャンダルやゴシップがつき物だったので、実在した人たちの影がちらちらと見え隠れする『伊勢物語』が大変な人気を博していたというのも肯《うなず》ける。しかし同時代の読者は、ムカオトや他の男女の昼下がりの情事の信憑性に多少の関心を抱いていたにせよ、収録されている話のほとんどが根拠のないガセネタであることと、注目すべき主人公は優れた数々の「歌」であることはよくわかっていたはずだ。

「芥河」で見てきたように、どの話をとってもあらすじは矛盾だらけで、突っ込みどころ満載。それでも『伊勢物語』が長年読み継がれた理由は、歌が放つ圧倒的な魅力があるからにほかならない。

平安時代には、歌は感情を一方的に表現するためだけのものではなく、日常生活と密接に結びついたコミュニケーション手段の一つだった。貴族の男性の間では漢文が用いられていたが、女性同士、または男女間は主に歌を通してお互いの気持ちや思考を確かめ合っていた。『伊勢物語』に起用されている歌はそのような時代背景のもとに生まれているからこそ、独自の世界観を持ち、散文をさほど必要とせず、むしろ散文の意味を補う役割を担っている。

歌が重要な役割を果たす段はたくさんあるが、その中でも有名なのが「あづさ弓」だろう。場所はのどかな田舎町。そこに仲の良い夫婦が静かに暮らしている。しかし、夫が仕事で遠く離れた土地に行ったが最後、消息不明のまま早くも3年が経ってしまう。一人で残された妻はその間中ずっとモテモテだったものの、夫のことを忘れられなくて、求婚されてもきっぱりと断り続けた。しかし、ある日「もうあの人は帰らないんだわ……」と思い切って新しい男を迎えることにする。ところが……。

待ちわびたりけるに、いとねむごろに言ひける人に、「今宵あはむ」と契りたりけるに、この男来たりけり。

(イザベラ流 超訳)

待って待って待ちわびて、本気で口説いてくれた人がいたので、女は心を決めて、「今夜あなたの妻になるわ」と約束を交わした。しかし、ちょうどその夜に、例の旦那さんが帰ってきちゃった……。

へえええ⁉ よりによって新しい男と結ばれるはずの当日に前夫が！ 3年きっかり経った夜に、彼がふらりと帰ってくるではないか！ 見知らぬ作者よ、いくらなんでもそれはタイミングが悪すぎる‼

注釈をみると、夫が家を出て消息不明の場合、子供がいれば5年、子供がいなければ3年経つと妻が再婚できるという法令があったらしい。だからこそ、その「3年間」というのは大事なポイントなわけだ。

男どもが断りなしにわんさわんさと忍び入ったり、隙間があれば気軽に覗いたりして、その一方女たちが前世の縁だから逆らえないわとあっさりと相手に屈服したりしていた平安時代のことなので、3年経たないうちに新しい男性と結ばれようととやかく言う人はきっといなかっただろう。しかし、この女性にとってそれが必要なけじめだったのかもしれない。裏を返せば、その期限すれすれに大急ぎで帰ってきた男にとってはギリギリセーフとも言えるが……。しかし、本当の事件はこれからだ。

「この戸あけたまへ」とたたきけれど、あけで、歌をなむ、よみて、いだしたりける。
あらたまの年の三年を待ちわびてただ今宵こそ新枕すれ

(イザベラ流 超訳)

「戸を開けて」と門を叩きながら彼が言うが、開ける代わりに、女が歌を詠んでそれを差し出すだけだ。
3年、何日も何日もずーっとあなただけを待ち続けたのよ。でも今夜という今夜に別の人と夫婦になると約束した！　もう遅いわよッ！

新しい相手を迎える準備をしていた女は取り乱し、どうすればいいか迷ったはずだが、田舎出身とはいえ、さすがの貴婦人、どんなに狼狽《うろた》えても、枕詞《まくらことば》がばっちり入った歌をパッと出せるわけだ。
それを受けた男の答えは……。

あづさ弓ま弓つき弓年を経てわがせしがごとうるはしみせよ

（イザベラ流 超訳）

（梓《あずさ》で作った弓、檀《まゆみ》で作った弓、槻《つき》の木で作った弓……）弓の種類がたくさんあるように、私たちにもいろいろとあったけど、私があなたを愛したように、新しい夫と仲良くしてくださいな。

それだけ!? 「うるはしみせよ」と詠んだのは、男の強がりなのか。今までずっとつらい思いをしてきた妻を思ってこその愛情なのか……。

しかし、長い間会っていない妻とやっと再会できたところで、「今夜結婚するの」と告げられたら普通はびっくりするだろう。異議を申し立てることなく、あっさり引き下がるというのはクールを通り越して、無関心の領域に達している。手紙一つも寄こさないで、のこのこ帰ってきて、良かったねと今更ながら理解のある夫を演じるのは不自然であり、かなり違和感を覚える。

だから、私はこう思う。この男は平安京に絶対に女を囲っていた、と。しかも、この片田舎にはいないようなうんと洗練されて、品のある女を。それならせっかく新しいスタートを切ろうとしている古い妻のことはそっとしておけばいいのだが、「あづさ弓ま弓つき弓」……いろいろあった二人だからこそ音信不通のまま終わらせるのはすっきりしなかったとも思える。男性不信のせいか、二股説をどうしても捨てられない私は、やや手の込んだキープだと睨んでいるが……。

本当に好きなら、やはりそこで「オイ待ぁてよォッ！」と男らしく勢いよく乗り込んできてほしいところだが、まったく男というやつは平安から現代まで相変わらず女心をまったくわかっていないな、とこのくだりを何回読み返しても怒りが込み上げて、むかついてくる（チッ）。

彼の歌を聞いた妻は……。

あづさ弓引けど引かねどむかしより心は君に寄りにしものを

（イザベラ流 超訳）

他の男が私の気を引こうが引くまいが、とにかく私の心はずっとあなたに寄り添っていたのに……。

その言葉に対してうんともすんとも言わず、夫は振り返ることなく去ってしまう（都で待っている女がいるからだ、絶対に……）。しかし、これであっさり終わるわけではない。

女、いとかなしくて、しりに立ちて追ひ行けど、え追ひつかで、清水のある所にふ

しにけり。そこなりける岩に、およびの血して書きつけける、
あひ思はで離れぬる人をとどめかねわが身は今ぞ消え果てぬめる
と書きて、そこにいたづらになりにけり。

(イザベラ流 超訳)

女は居ても立ってもいられなくて、後を追うが、追いつかなくて、清水の湧き出るところで倒れてしまった。そこにあった岩に、流れ出る指の血で最後の力を振り絞って次のように書いた。
「想いが届くことなく離れてしまった相手を引き留めることができず、私の身体は今すぐにでも跡形もなく消えてしまいそう……」
と書き終わったところで、空しく息を引き取ったのでした。

ちょっと待ってよ! ただ追いかけただけなのに、なぜ死ななきゃいけないんだ! ひどい……ひどすぎる話だ……。
逢引《あいび》きを控えて、セカンドバージンを捨てることを決意した女性は正装して、最高にオシャレしていたことだろう。肌着を着て、紅の袴をはき、単を着ていた。その上に袿《うちぎ》を5枚重ねて、打衣《うちぎぬ》を着て、複数の色で模様が表されている表着《うわぎ》を注意深く選んだ。せっかく

だからと思って、さらに唐衣を羽織った……そんな恰好をして無我夢中で走るのは確かにつらいが、たとえつまずいたからって死んだりはしない。また、唐突にフラれてしょんぼりしているはずの夫が、一秒たりとも躊躇《ためら》うことなくそそくさと姿を消すというのもやはり不自然。

ちょっと意地悪されただけであっけなく死んでしまった桐壺更衣、嫉妬に燃えた六条御息所の生霊に憑りつかれて命を奪われる夕顔や葵上など、妙な死に方をしてしまった平安期の女性の例は後を絶たないが、それでも指から血を流して死ぬというのはかなり稀なケースである。しかも、どの注釈本を読んでも、自らの指を噛みちぎって血を流したという解釈になっているらしい。まさにホラーだ。

大昔に書かれたというせいもあって、登場人物が実在しているかのように論じられることが多い古典作品。しかし、真実に基づいたものだとしてもこれはあくまでもフィクションとして受け止めるべきなのではないかと思う。だから、芥河の「鬼」は駆け落ちをしようとした女性を取り戻しにきた親戚であるのと同じように、あづさ弓の女の死も本当の死ではなく、別のもののメタファーとして読むことができる。

……と思慮分別のある大人らしく、論理的な考えが浮かんできたのだが、ここは『伊勢物語』の世界なので、そんなの通用しない。

女が本当に、マジで、死ぬのだ。

自由奔放な人生を生きた清少納言のような女性もいたのだが、平安時代では生活も恋愛も男性が主導権を握っていたのである。男が忍び込んでこないとそもそも恋が始まらない、次の日に手紙を送ってこないと関係がなかったことになる、通ってくれないと結婚が成立しない。だから歌に返事をせずに男性が消えた瞬間、その愛も、そしてその愛によって形容されていた女性の人生も意味をなさなくなってしまう。

「わが身は今ぞ消え果てぬめる」と女が最後に呟くが、これは言葉が相手に届かなかった、その相手を引き留めることができなかった切なさや無力さを物語っている。昔の人にとって歌は真剣勝負。文字通り、命と同じぐらい重要だったのである。

自らの人生を愛に捧げた女性の遺言状の余韻に浸っていたちょうどそのとき、ふと思い出す。結婚するはずの男はどうなったのか？

違う女を狙うという選択肢もある中、長い月日をかけて一途に思いを訴え続けてきた男。好きな人とやっと結ばれると知り、その日はきっと朝からうずうずしていたことだろう。やっと日没の時刻になり、「今宵あはむ！　今宵あはむ！」と思わず口ずさみながら、軽くスキップして彼女の家に向かった。だが、門を叩いても誰も来ない。どうしたのかと心配になり、無理やり門を開けてもらい中に入る。部屋がすっかり片付いていて、ちょっとしたおしゃれな屏風が飾ってある。お香のいい匂いも微《かす》かに漂う……。

無残な姿になった女を見かけた通行人、妻の死を知らずに京の女のところに駆けていく男（断定）、忽然《こつぜん》と姿を消した女を探すもう一人の男……いろいろなストーリーが頭に浮かぶ。

そこで手で書き写しながら「実はね……」というふうに注記を加えたくなる気持ちは非常にわかる。『伊勢物語』は想像力を掻き立てる、遊びたくなる作品、まさに大人のおもちゃである。

大人に魔法は通用しない

次のページを開いてみると、さらなる物語が私たちを待っている。ワクワクしちゃう。

今回の主人公は若くてハンサムな男。彼はなかなか綺麗な女性と恋に落ちるが、彼女の身分が低く、男の親がどうしても納得しない。親戚のみんなが口出しして別れさせようとするが、若者はそれでも彼女との関係を断ち切ることができず、むしろ日に日に愛が募るばかりである。おせっかいな親は、子供が愛のために人生を棒に振るのを見ていられなくて、女を追い出してしまう。男は彼女のことが本気で好きだったものの、親の反対を押し切ってまで一緒になる覚悟はなく、女は生活の心配もあり、異議を申し立てるような立場ではなかったので、二人は離れ離れになる。そして、涙を流しながら、男は次の歌を詠む。

いでていなば誰か別れのかたからむありしにまさる今日はかなしも

(イザベラ流 超訳)

自らの意志で出て行ったならば、悲しんだりなんかしないさ。

でも全然そうじゃないから、今日はまじで悲しいんだよ!

男の歌は極めてシンプル。引用とか、掛詞とか、いつも私たちを悩ませるやつらはない。まさに若者が言いそうなどストレートな言葉である。本物の悲しみ、理不尽な世の中に対する怒り、心の中にある感情が率直に、ありのまま言葉に置き換えられているだけ。

ここまでの話はちゃんと筋が通っていて、よろしい。しかし、ロジカルで整然とした話だと『伊勢物語』らしくないので、もちろん突拍子もない展開がちゃんと用意されている。男は歌を詠み終わるなり、息絶えてしまう。何の前触《まえぶ》れもなく、急に。

親、あわてにけり。なほ思ひてこそ言ひしか、いとかくしもあらじと思ふに、真実に絶え入りにければ、まどひて願立てけり。今日のいりあひばかりに絶え入りて、またの日の戌の時ばかりになむ、からうして生きいでたりける。むかしの若人はさる好けるもの思ひをなむしける。今の翁、まさにしなむや。

(イザベラ流 超訳)

親はさすがに慌てだした。彼のことを思って根回しをしたのに、まさかこのような事態になるとは思ってもみなかった。しかし、息子は本当に息が絶えて死にかけたので、狼狽えて一所懸命神様に祈りを捧げた。息が止まったのがその日の日没の時刻、吹き返したのが翌日の夕方8時頃だった。昔の若者は真剣に恋をしていたんだね。今のおじさんたちは逆立ちしたって同じようなことはできっこないね。

いろいろなことが起こるのが早すぎてついていけない。慌てている親の様子や死んだと思ったらけろっとする若者、何もかもが滑稽だ。本来であれば結構深刻な話だが、ストーリーを追うのに忙しくて、何かを感じる暇はない。初々しい恋の楽しさ、別れのつらさ、死の怖さ、ハッピーエンドからくる安心、それと最後の説教臭い教訓、どれも数単語で片付けられてしまい、全体的に浅い。

女を失って死にかけた若僧が生き返ったというのはつまり新しい恋に目覚めたということか、とロジックの鬼が耳元でささやいてくる。きっとそうでしょうね。でも『伊勢物語』の世界の中では、その死もその再生も正真正銘のものだ。恋するというのは、危険と隣り合わせだ。真剣に立ち向かうときは、命だって危ない。しかし、それは恋という夢を信じている若者たちに限った話であり、こうして想像を膨らませて『伊勢物語』で遊んでいる大人の読者の皆さんは心配要りませんよ、とお茶目な作者が不安になりそうになった私たちを優しくなだめている。

半分想像、半分真実、ユーモラスでありながらもときに真面目、まったくでたらめに書かれていると思ったら実はいろいろな仕掛けが施されている、『伊勢物語』は何とも楽しい一冊である。ピュアな心を持っている人はピュアなままに受け止めて、理論の塊になった人はそのメタファーを必死に追いかける。作中に点在している様々なネタをどのように料理するかは読み手次第。

大人の世界は、簡単に救ってくれる魔法がない。ライオンやドラゴンこそ出没はしないが、それでもなかなか厳しい世界なのだ。こうした中、どれだけ男を追いかけても、どれだけ心を踏みにじられても簡単には死なない丈夫な現代人に生まれたことに、感謝感激雨あられ。

ダメ男しか摑めない薄幸の美女

二条《にじょう》『とはずがたり』

20世紀に発見された「幻」の古典

何百年もしぶとく耐え忍んできているだけあって、いわゆる「古典」と呼ばれる作品は抜群の存在感を発しているような気がする。それもそのはず。おびただしい数の手に渡り現代まで届けられたものは、時代がどう激変しようとも、忘却を免れることができた貫禄のある代物ばかりだ。

名言や教訓の居場所であり、規範であると嫌でも教え込まれているので、現代人にとって古典そのものはごく当たり前の存在になっている。しかし、私の本棚に辿り着くまで、さぞ壮絶な旅だったであろうと、隙間なく並んでいる背表紙を眺めながら思わずにはいられない。誰かの手によって注意深く書き写され、誰かが退屈しのぎにそのページをめくり、誰かのカバンの中でいろいろな土地を訪れ……という具合に、物語の物語まで想像して、またしても妄想に耽ってしまう私である。そして、どこかの田舎の倉庫で埃をかぶって眠っている傑作がまだ残っているのではないかという幻想に心がときめく。

だが、それは単なる夢物語ではなく、本当に起こりうる話だ。

『とはずがたり』が日の目を見たのは、なんと1938年だった。考えるだけで文学ヲタクの胸が膨らむ、まさかの幻の「新しい古典」だ。

山岸徳平《やまぎしとくへい》という研究者が宮内庁書陵部《しょりょう》（当時は図書寮）の地理書を整理中に偶然発見し

たものである。宮内庁書陵部には皇室と関連する文書が何十万点と収蔵されているらしいので、ものすごい数の、パッとしない地理書の中でよくぞ見つかった、という奇跡。書物リストに紛れ込んでいた少し変わったタイトルの作品が目にとまり、閲覧を申し込んだそうだ。手に取ってみると江戸中期の写本と思しく、内容はどうも一人の女性が書いた日記だと思われた。山岸氏は思いがけない発見にウキウキしながら、早速活字翻刻にとりかかる。かな書きで句読点のない文章を読み進めるにつれて、鎌倉時代の宮中の秘め事が大胆に描かれているということが少しずつ明らかになり、そんな内輪ネタが世に出れば大変なことになると思って、誰かがあえて地理書に埋もれさせたという疑惑が浮上してくる。まさに華麗なる陰謀。

1940年にその発見が一旦発表されたものの、内容もセンシティブで、太平洋戦争が開戦間近だったということもあり、本格的な研究が始まったのは1970年代。つまり、『とはずがたり』がようやく人の目に触れるようになったのは、作成から約700年も後という勘定になる。発掘の背景を知っただけでも興味をそそられるが、文学的価値といい、ストーリーの面白さといい、作品そのものが期待をはるかに上回り、一度その世界に入ったらどっぷりハマってしまうという不思議な魔力を宿す一冊だと言える。

平安ロマンスが滅びた時代の恋

作者は二条《にじょう》という女房名で後深草《ごふかくさ》上皇に仕えた女性、作品は1313年までに成立したものだと思われる。全体は5巻からなり、作者が14歳の正月から49歳の秋くらいまでの出来事が記されている。前半は煌《きら》びやかな宮仕え生活や恋愛遍歴を中心に綴られ、後半は二条が尼になっていろいろなところを訪れる話で構成されている。

わずか4歳で天皇の位についた後深草院は、大納言典侍《だいなごんのてんじ》と呼ばれた美しい女性に育てられ、とりわけ新枕のことも彼女に教えられたそうだ。以来、幼い後深草院は恋心を抱くようになるが、その女性はやがて久我雅忠《こがまさただ》という人と結婚して、女の子を一人産んで間もなく命を落とす。そこで院は、叶えられなかった恋を娘によって果たそうと思い、彼女が成長する日を、首を長くして待ち続ける。ブスに生まれていたら、話はきっとこれでおしまいだが、幸か不幸か、しっかりと母親のDNAを受け継ぎ、絶世の美女に育ってしまったその女の子は、どんどん恋に呑まれていくドラマチックな人生を歩むことになる。類《たぐい》まれな美貌に恵まれ、次々と権力を持つ男たちに求愛される魅惑的な女性、それはほかならぬ二条こと、『とはずがたり』の作者である。本題に入っていないのに既にキケンな匂いがぷんぷんするが、これでもまだまだ序の口……。

二条のドロドロ恋物語は冒頭からもう華やか!

呉竹の一夜に春の立つ霞、今朝しも待ちいで顔に花を折り、にほひを争ひて並みゐたれば、我も人なみなみにさし出でたり。つぼみ紅梅にやあらん七に、くれなゐのうちぎぬ、萌黄の表着、赤色の唐衣などにてありしやらん。

（イザベラ流 超訳）

一夜明ければ新春を迎える、そのときだった。それを待ちきれないかのように女房たちがみんな着飾り、美しさを競い合って並んでいて、私もその中に紛れ込んでいたわ。蕾紅梅の衣7枚重ねに、紅の打衣、萌黄色の表着、赤色の唐衣などを着ていたのよ。

この時の二条は14歳。目をキラキラと輝かせて、胸を弾ませながらパーティーに出席する小娘である。色や衣類の名前がいくつか出ているが、とにかく豪華。蕾紅梅は若い女性が使う色であり、7枚の重ね袿は贅沢なものだが、その上に普通の女房には許されていない赤色の唐衣……この1行だけで、自分がどれだけ美しくて特別な存在だったかを、読者に知らせたいという二条の強い意図が凝縮されている。鮮やかで洗練された衣装に身を包まれて、大人の世界にはじめの第一歩を踏み入れる若い女性の胸は期待に満ち溢れ、宮廷生活のあれこれや恋のときめきに想いを馳せていただろう。

しかし、『源氏物語』の世界はもうとっくに終焉《しゅうえん》を迎えていた。摂関政治が衰えた平安時代末期はかなりの退廃《たいはい》的ムードに浸かっており、政治や文化も、そしてその一環だった恋愛もマンネリ化して、ロマンスとやらはどこかに消えてしまっていた。

二条は何も知らなかったが、父親と後深草院の間で既に話がついており、院が娘をいただくことになっていた。母親が死んでから御所《ごしょ》に育った二条にとって後深草院はお兄さんのような存在だったので、いきなり部屋に忍び込んできたのに気付いてかなりショックだったに違いない。一回は抵抗するが、それも長くは続けられなかった……。

〔……〕今宵はうたて情なくのみあたり給ひて、薄き衣はいたくほころびてけるにや、残る方なくなりゆくにも、世にありあけの名さへうらめしき心地して、
心よりほかに解けぬる下紐のいかなるふしにうき名流さん
など思ひつづけしも、心はなほありけると、我ながらいと不思議なり。
「かたちは世々に変るとも契りはたえじ。あひみる夜半はへだつとも、心のへだてはあらじ」などかずかず承るほどに、むすぶほどなき短か夜は、明けゆく鐘の音すればば〔……〕

（イザベラ流 超訳）

〔……〕今夜は院の振る舞いが荒っぽくて、私の身を最後に包んでいた薄い衣もひどくほころび、院の思うがママにされてしまった。夜の明ける有明がくることさえ耐えられないという心境で、もう完全に正気を失っていたわ。「心ならず院のものになったけれど、これからはどんな悪評が立つだろう……」と思いあぐねて、辛うじて心というものが残っていたことに自分でも驚いていたくらいだった。

「どんな形に生まれ変わっても、俺たちは結ばれる運命なんだよ。たとえ毎晩逢えなくて、隔てて過ごすことがあったとしても心はずっと繋がっているからね」などと院がおっしゃり、その数々の言葉を聞いているうちに、一睡もすることなく短い春の夜が過ぎ、新しい日を知らせる鐘の音がする〔……〕

ワオ！　始まって数ページしか進んでいないのに早くもとんでもない事件が起こる。理想通りに育てた女性を自分のものにするというのは、院の頭の中ではきっと「光源氏と若紫と同じじゃん！　めっちゃイケてる俺！」と相当な満足感があっただろうけど、アナタ、相手の気持ちにもなってみてくださいよ！　というのが率直な感想。

「かたちは世々に変るとも契りはたえじ」というのは、過去も未来も含めて、いろいろな形に輪廻《りんね》しても必ず夫婦になろうという意味の男の決まり文句だったそうだが、執拗に迫る院の態度を考えると、その言葉こそが後の二人の病的な関係の予兆ともいえる。好きでも何でもない人に「一生ずっと、あなたを離さないぞ」と耳元で囁かれても、正直に言って迷惑なだけだし、一刻も早くその場から逃げたくなる気持ちにすらなる。

相談もなしに親が勝手に決めていた運命に従うしかなかった二条はさぞつらかっただろう。日記が書かれた時点では、そのエピソードは既に遠い記憶の彼方に追いやられた嫌な思い出に過ぎないはずだが、当時の乱れた様子がありありと行間から伝わり、臨場感たっぷりの場面になっている。引用文では前後を省略しているが、一つの文が10行以上にもわたり、途中で主語がコロコロ変わったり、伝聞《でんぶん》や引用文が入ったりなどして、なかなか難解な段になっている。文の切れ目を定めるのが難しいというのは古文のよく知られている特徴の一つではあるが、このくだりに関して言えば、読みやすくされている注釈付きのどのバージョンを読んでも文章が長いままになっており、その長文こそが、二条の頭の中に行き交う様々な想いを表現しているとも思える。周りの人がどう思うだろうかとか、これからの自分の人生がどうなるのかとか、院の寵愛がいつまで続くのかとか……言葉で表しきれない感情が湧き出て、絶望感に襲われる少女の気持ちが手に取るように伝わり、人生が変わる瞬間が見事に捉えられている。

しかも、彼女には淡い想いを寄せていて、何度か手紙のやり取りをしていた男性がいたのに、その彼とこれから愛を育むと覚悟を決めていたのに……心はズタボロ。

そして状況がさらに悪化。二条と院が結ばれて間もなく父親が他界してしまう。二つ返事で娘を差し出すほどだから、いかにも守ってくれそうにない父親だが、それでも後ろ盾がまったくなくなるというのは、中世の女性にとっては命とりだ。院の子供を宿して、不安いっぱいの二条が最期を迎える父親に会いに行くが、ここで父が放つ言葉はこれからの過酷な人生を予告しているかのように聞こえる。

君に仕へ世にうらみなくは、つつしみて怠ることなかるべし。思ふによらぬ世のならひ、もし君にも世にもうらみもあり、世にすむ力なくは、急ぎてまことの道に入りて、わが後生をも助かり、二つの親の恩をもおくり、一つ蓮の縁と祈るべし。世に捨てられ、たよりなしとて、また異君にも仕へ、もしはいかなる人の家にも立ちよりて、世にすむわざをせば、亡きあとなりとも不孝の身と思ふべし。夫妻のことにおきては、この世のみならぬことなれば力なし。それも髪をつけて、好色の家に名を残しなどせんことは、かへすがへす憂かるべし。ただ世を捨ててのちは、いかなるわざも苦しからぬことなり

（イザベラ流 超訳）

寵愛をいただける間は身をつつしんで（過ちがないように）ちゃんとしなさい。し

かし、人生というものは大体うまくいかないので、院の愛情が薄れて、周りとうまくいかなくなり、どうしようもないときには、急いで仏の道に入りなさい。自分の来世も助かるし、親二人の恩返しにもなるので、あの世で一緒に仲良く暮らせる、一石二鳥だよ。でもね、みんなに捨てられたからといって、他の男の家に乗り込むとか、頭を下げて生活をするとか、それだけはよしてくれ。あの世からでも勘当するぞ。夫婦の関係はこの世だけのものではないから、そればかりは何もできないからね。それでも髪の毛が長いまま遊ぶのはダメ、絶対。世を捨てれば、後は何をしても良し。

二条はきっと複雑な想いでその遺言を聞いたであろう。彼女の後の人生を考えると、娘の奔放な性格と行動力を見抜いたうえでの忠告だったともいえる。

しかし、それは本当に父親が言った言葉なのかどうかという疑問も残る。かなりの月日が経っているのに、当時交わされた会話を一字一句暗記していたとはさすがに考えにくく、二条自身がその感動の場面を創作したという可能性も拭えない。全体を通して、フィクションが混在していると感じられる箇所も多く、書かれている内容をすべてそのまま鵜呑《うの》みにするわけにはいかないし、これだけドラマチックに自らの人生を語っている作家の二条なら、一つや二つの嘘を入れて、少しばかり脚色をしていても驚かない。

『とはずがたり』に限らず、日記作品の記述と史実を照らし合わせるとき、学者たちが矛盾を発見することは実によくある。それらは「虚構」と見なされることが多いが、あえて曲解したり、隠したり、または付け足したりしている内容に注意してみると、そのウソこそが、作者が伝えようとしている事柄の本質への糸口となり得ることも結構ある。

たとえば、父親の遺言の中に出てくる「出家《しゆつけ》をしたらなんでもＯＫ」という発言。出家は文字通り「家を出る」ということを指しており、宗教的な含みはもちろんだが、その家系のしきたり、名誉などと縁を断ち切るという意味合いも強く含まれていた。束縛から脱却するという側面もあったので、二条が早くもその人生に憧れを感じ始めていたと暗示しているともとれる。ここでは出家の話題がはじめて堂々と出てくるのだが、作品を読み進めるにつれて、それが複数のところで持ち出されていることがわかる。リアルタイムの二条はまだ若くてかわいい小娘であり、そして想いを寄せている男性もいて、既に大変な状態に陥ってはいたが、まだ人生に絶望していたわけではなかったはず。当時思ってもいなかったのであれば、なぜそんなにしつこくその話題を繰り返す必要があったのか、と疑問に思う。それは作者である大人の二条はそのあとに起こる出来事のすべてを知っており、歪んだ世界から脱出する唯一の道は出家、ただそれだけであると告知しているからである。読者にも理解して共感してもらいたいからこそ、二条は様々なヒントと予告を残し、自分が下した最終的な決断、つまり髪の毛を切って自由になることを早くもチラつかせて裏付けをしている。ただ単に思い出を陳列しているだけに見えるかもしれないが、その配置と内容には作者二条の意図が透けて見える。そして、立派な作家だった彼女は、どうすれば物語が面白くなるのかをかなり心得ている。

とはいえ、この時点では彼女は軽々しく出家ができる身ではないので、独りぼっちになってもしぶとく生きていく。

院の子供を産む準備をするために里帰りして、女房デビューする前から想いを寄せていた男性と再会する。それは何度も作品に出てくる雪の曙《あけぼの》こと、西園寺実兼《さいおんじさねかね》という人。

「ここもとに立ち給ひたるが、立ちながら対面せんと仰せらるる（そこにいるお方が、立ったままでもいいので、話をされたいと仰っている）」という声がして、二条は動転する。突然の「来ちゃった」……。

「紅葉を浮織りたる狩衣《かりぎぬ》に、紫苑《しおん》にや、指貫《さしぬき》の殊にいつれもなよらかなる姿にて」という描写があるが、当時のファッションが一切わからなくても、部屋着ではないことは確か、なんとなくオシャンティーな感じがする。普通の身体ではないとわかっているので話だけでも……、という彼のお願いを断れず、結局二人は契りを交わすことに。

逢瀬《おうせ》はもちろん一回限りでは終わらない。子供を産んで間もなく、二人は密会を重ねて、二条はなんと雪の曙の子供を身ごもる。院が一時期女色を断っており、当時の稚拙《ちせつ》な医療知識でも父親が違うということがすぐばれてしまうという危機的な状況。そこで、二条は仮病《けびょう》を使って里帰りをして、女の子を産み落とし、院に真実を悟らせないために、流産を偽《いつわ》るという思い切った行動をとる。生まれたての赤ん坊は雪の曙に引き取られ、彼の家で育てられる。言うまでもないが、それができたのは、雪の曙に正妻がいたからである。ここまでくると、記憶喪失と秘密の双子が出てきても驚かない、昼ドラばりのドロドロ修羅場の連続である。

束縛・セクハラ・変態　倫理観ゼロの男たち

しかし、二条の波乱万丈な人生はまだまだ続く。雪の曙のことを想いながらも、院に仕えなければならず、迷惑なくらいいろいろな男に言い寄られるという状態も相変わらずである。まず宮仕えの間に有明《ありあけ》の月（後深草院の異母弟にあたる高僧）の強烈なアプローチに困ってしまう。院に相談したら「密会してもいいし、子供ができたら俺が育てようじゃないか」という意外な言葉までいただき、二条は求められるがままに有明の月と関係を持ってしまう。その後、彼の過剰なパッションに圧倒され、二条は絶縁しようとするが、恐ろしい起請文《きしょうもん》を送られ、しだいに呪縛されたような心理状態になってゆく。起請文というのは端的にいうと契約の一種である。内容を紙に書いて神様に誓い、破ったら神様から罰を受けるという仕組みになっていたが、迷信深い鎌倉時代において、それは笑い飛ばせるようなものでは決してなかった。しかも、その内容を綿密に練り上げて準備しているのが位の高い僧であれば、なおさら効力が増す。今だったら腕のいい弁護士をつけて、ストーキングやハラスメントで訴えることができるかもしれないが、当時はもう逃げ場がない絶望的な状態、呪いの文章を突きつけられたような感じ。精神的に追い詰められてDV夫とどうしても縁を切ることができない、そのような恐ろしい状況に近い心境だったに違いない。高僧がそこまで欲望に溺れて、女にゾッコンになるのって大丈夫かいと思ってしまうほどだが、鎌倉時代の宗教観はさすがに独特である。

さらに、後に二条は後深草院の別の弟である亀山院《かめやま》とも関係を持ち、また院の後押しもあり、近衛《このえ》大殿と呼ばれる人とも契りを交わす。後深草院はすべての情事について知っているどころか、その経緯をかなり楽しんでいるご様子で、もはや彼の変態ぶりに驚くばかりである。

たとえば次のような場面が挙げられる。

御殿ごもりてあるに、御腰打ち参らせて候ふに、筒井の御所のよべの御面影、ここもとにみえて、「ちともの仰せられん」と呼び給へども、いかが立ちあがるべき。動かでゐたるを、「御よるにてあるをりだに」など、さまざま仰せらるるに、「はや立て。苦しかるまじ」と、忍びやかに仰せらるるぞ、なかなか死ぬばかり悲しき。御あとにあるを、手をさへ取りて引き立てさせ給へば、心の外に立たれぬるに、「御とぎにはこなたにこそ」とて、障子のあなたにて仰せられゐたることどもを、寝入り給ひたるやうにて聞き給ひけるこそあさましけれ。

〔……〕我過さずとはいひながら、悲しきことを尽して御前に臥したるに、殊にうらうらとおはしますぞ、いと堪へがたき。

(イザベラ流 超訳)

後深草院が休んでいるときに、そばにいて腰を打って差し上げていたが、そのときに昨日お会いした筒井の御所のお方が私のところに、「ちょっと話があるのですが」と呼びに来たけれど、とても立ち上がれるような状態ではない。じっとしていると「御所がお眠りになっている間だけでも……」など、といろいろ言って執拗に迫ってくる。すると、院が「早く立って行ってあげて。俺は別に構わないさ」とこっそり囁いたが、その言葉がかえって死ぬほど悲しい。しかも、足元に座り込んでいた私を、院が手まで取って引き立てようとしているので、その気が一切なくても立ち上がるしかなく、「後で返しますよ」と言って、大殿が障子の向こうで私にあれこれ契り語れることを、院は眠るふりをして、一言も漏らさずに全部聞いていると思うと恐ろしい。
〔……〕自分が犯した過ちではないとはいえ、胸がかきむしられる思いで院の前に泣き伏せているけれど、彼がものすごく上機嫌になっているのを見るとホントに我慢できない……。

盛大な宴会が終わり、おじさんたちが酔いつぶれている夜。横になって休んでいる院の腰を叩いて、静かになった部屋で二条がお仕えをしている。すると、院が眠っている隙を狙って、大人気な彼女に声がかかるというところまでは理解できる。しかし、それを黙認するだけではなく、喜んで他の男に差し出そうとする院の振る舞いはまるで不可解である。事件が起こった当時、近衛大殿はおおよそ50歳、二条は20歳くらいだったと推測されている。泥酔状態のエロおやじに言い寄られて、若くて美しい女性の当惑ぶりが脳裏に去来する。しかも、障子の向こうから聞こえてくる音に耳を澄ませて、想像しながらニヤニヤする後深草院がいるという状況は、思い浮かべただけでも虫唾《むしず》が走る。彼の思考回路はもはやド変態以外の何ものでもない。だが、抵抗できるような身分でもない二条は黙って耐えるしかなかった。

平安時代の唯一無二のベストセラー『源氏物語』においても、ちょっとこれは……と首をかしげたくなるような倫理的にアウトな内容が溢れている。たとえば、主人公源氏君は父親の最愛の妻である藤壺宮と密通を重ね、子供まで作ってしまうという有名なエピソードがある。何も知らない桐壺帝は赤ん坊を抱きながら大いに喜ぶが、その一部始終を横で見て、「ばれなくてヨカッタ……」と胸を撫で下ろす源氏君には反省の色がまったく見えない。さらに、理想の女に育て上げた紫上が年頃になるギリギリのタイミングで、本人の気持ちを確かめずに、よいしょっと布団に忍び込んでいくが、その行動においても一切の迷いがない。しかも大胆に愛を生きるのは、源氏君だけではない。柏木《かしわぎ》と女三宮《おんなさんのみや》の不倫、匂宮と薫の間で揺れる浮舟、源氏君と頭中将《とうのちゅうじょう》のどちらとも関係を持ってしまう、可憐で頼りない夕顔……そこにあるのは美しくも魅惑的、そして実に性に奔放な世界である。

いうまでもないが、二条は女房の必読書だった『源氏物語』を愛読し、知り尽くしていたと思われ、それを意識している箇所が実に多いと指摘されている。彼女は表現を真似したり、歌を借用したりしているばかりではなく、よく見ると『源氏物語』を彷彿させる場面をいくつも用意している。雪の曙と密会を重ねて彼の子供を身ごもるところは、源氏君と藤壺宮の禁断の恋に重ね合わせることもできるし、有明の月とのキケンな関係とその経緯もまた柏木と女三宮の関係とそっくりだ。それは平安時代の不朽《ふきゅう》の名作へのオマージュだと思われるが、設定や表現が酷似しているところはあっても、二つの作品を読み比べると受ける印象はまるで別物。『とはずがたり』は実際に起こった出来事を綴った記録という前提になっているのに対して、『源氏物語』は正真正銘のフィクションであるうえに、舞台となっている時代も少し離れているので、そのように感じてしまうのは当たり前なのかもしれない。しかし、『とはずがたり』も信憑性は疑わしく、作者の虚構意識も極めて強いため、真実と創作という二項対立だけではその違いを説明しようとしても何となくしっくりこない。それよりも対照的なのは愛を求めている人物たちの姿なのではないかと思う。

不倫のオンパレードになっていても、『源氏物語』の中には罪の意識もつらさもあり、そして人生の儚さと人間にしか感じられない「もののあはれ」に溢れていて、道を踏み外しながらも本物の愛を絶えず追求し続けている人物たちの姿がいつだって輝いていて美しい。しかし、その一方、『とはずがたり』によって語り継がれる愛はただの遊びであり、斎宮にしろ、女房にしろ、女性はみんな交換可能な玩具として扱われている。後深草院には愛もなければ罪の意識も微塵もない。彼の女遊びは退屈しのぎでしかなく、そこには失われた黄金時代の繊細さと美しさなどかけらも残っていない。

院のところに他の女性を案内するというのも二条の仕事だったが、その記録からも当時の宮廷における男女関係の乱れがありありと感じられ、平安のロマンスはもうセピア色の昔話に過ぎないということがはっきりとわかる。「桜は、にほひは美しけれども枝もろく折りやすき花にてある」というのは、院が前斎宮と呼ばれる女性と関係を持った直後に言い放ったセリフだが、その言葉こそがまさに当時の価値観を表している。源氏君は口が裂けてもそのような下品な言葉を言わなかっただろう。
ブスの代名詞として歴史に名を刻んだ末摘花《すえつむはな》と契りを交わした後、その赤い鼻と青白い顔に気付いた源氏君はさすがにシマッタ!! と思っただろう。センスもあまりパッとしない、落ちぶれた宮家の姫なんてさっさと捨てても良かったのだが、彼はそれでも彼女と末永く優しく付き合う。それに引き換え、後深草院は手紙のやり取りや面倒な前戯《ぜんぎ》をすべて省き、直接女性たちを届けてもらっているのだが、思いやりがなさすぎて、なんと相手が来ているというのを忘れてしまうことも……。

雨おびたたしく降れば、帰るさの袖のうへも思ひやられて、まことや、明けゆくほどに、「資行が申入れし人はなんと候ひしそら」と申す。「げにつやつや忘れて。見て参れ」と仰せあり。〔……〕見れば、練貫の柳の二つ衣の、絵描きそそきたりけるとおぼしきが、車漏りて水にみな濡れて、裏の花表へとほり、練貫の二つ小袖へうつり、さま悪しきほどなり。夜もすがら泣き明かしける袖の涙も、髪は漏りにやあらん、また涙にや、洗ひたるさまなり。「この有様なかなかに侍る」とておりず。

（イザベラ流 超訳）

雨がすごく降っていて、女が帰る道がびしょ濡れでかわいそうだなと思っていたところだったが、朝方近くになって「資行《すけゆき》が連れてきた人はどうしているのでしょうか」と聞いてみた。「そうだ！　すっかり忘れちまったよ！　様子を見てくれ」という。〔……〕

見に行ったら、練貫《ねりぬき》の二枚重ねの衣で、綺麗な模様になっていたはずだったが、車の屋根から雨が漏れて、裏地の色が表の衣に透けて見えてしまっていて、下の小袖にまでうつり、かなり見苦しい姿になっていた。袖には夜中にずっと流していただろう涙の跡もついており、髪も雨で濡れているのか涙で濡れて乱れているのかわからないが、まるで洗ったばかりのようだった。「とてもじゃないけど、この体たらくじゃあ人様に姿を見せることなんてできない！」と言って、女は車から降りようとしない。

中世を生きた女性にとって自力で生計を立てることは困難だった。たとえ土地や財産の所有権を持っていても、マネジメントする能力がなく、親族の男性に縋《すが》っていくしかなかった。自由に出歩くこともできないので、ただひたすら運命の訪れを待つというじれったい人生。こうした中、御所から急に声がかかったら、そのお誘いが舞い込んできた女性は驚きと期待を胸に出かけてゆくだろうと容易に想像ができる。もしかしたら御所様が自分に一目惚れして姫様になれるかもしれない……と思いながら、どんどん夢が膨らむ。しかし、現実は厳しい。泣き乱れる女性の姿が二条の目に焼き付き、自分の無力さという残酷な現実を突き付けられたような気持ちになる。

二条は説得しようと試みるが、踏みにじられたプライドを振り絞って、その女性は頑《かたく》なに帰してほしいと哀願する。院にその経緯を説明すると、悪かったな、手紙を送ってやろうかという一言だけで終わる。手紙に対して一向に返事は来ないが、しばらくすると彼女が侮辱に耐えきれず出家したという情報が二条の耳に入る。解放されるにはそれしかない、という思いがまたしても二条の頭をよぎる。

時代も国も超えて愛される物語

院にとって女のポイ捨ては日常茶飯事だが、二条に対しては特別な感情があってか、なかなか手放そうとしない。しかし、政治が絡んでくるとさすがに違うみたいで、天敵だった亀山院との関係についていろいろな噂が出回ると、ついに二条は宮廷から放り出されてしまう。父親の遺言に従って、彼女は尼になり、日本全国を歩き回るが、恋心を忘れることができたのかは誰もわからない。自分の人生をリセットして、軽やかな足取りで旅に出る二条の姿は何とも凛々しいものだ。
「とはずがたり」というのは「誰にも問われなくても語りだす」という意味だが、そのタイトルは二条自身がつけたとされている。50歳になってやっと綴ることのできた、院をはじめ、当時の権力者たちの退廃的なありのままの姿。その力強い言説が、700年地理書の中に埋もれながらも、断ち切られることなく、私たちの前に姿を現した。誰でもない彼女自身の物語として発見されるべく。これぞ最高の復讐ではないだろうか。
偶然なのかもしれないが、全5巻の最後の文章を並べてみると、あることに気付く。

巻一

思ひ出づるさへ袖ぬれ侍りて。

(イザベラ流 超訳)

思い出すだけでも、涙で袖が濡れてしまう……。

巻二

〔……〕こはいつよりの習はしぞと、わが心ながらおぼつかなく侍りしか。

（イザベラ流 超訳）

〔……〕いつからそんなノスタルジックな気持ちになったか、自分の心ながらおぼつかなく思っていた。

巻三

〔……〕たびたび御使あれども、憂き身はいつもと覚えて、さし出でんそらなき心地して侍るも、あはれなる心の中ならんかし。

（イザベラ流 超訳）

〔……〕お誘いがたくさんあるけど、悲しい身の上であることは変わりなく、出ていく気持ちは一切起こらず、哀れな心境だった。

巻四

〔……〕奈良より伊賀越と申すところよりまかり侍りしに、まづ笠置寺と申すところを過ぎゆく。

（イザベラ流 超訳）

〔……〕奈良から伊賀越えというところを通って伊勢へ向かったが、まず笠置寺というところを過ぎていった。

巻五

〔……〕かやうのいたづらごとを続けおき侍るこそ。のちの形見とまではおぼえ侍らぬ。

（イザベラ流 超訳）

〔……〕このようなつまらない身の上話をダラダラと書き続けてきた。誰かの役に立つとは思っていないけど。

巻一には涙を流し、巻二にはその涙も乾き、巻三にはただただ哀れである。しかし、その次には旅に出ることによって自由を手に入れ、最後には、ここまで書いた物語は誰かに宛てたものではなく、自分自身のためのものだったという宣言で日記は幕を下ろす。このようにそれぞれの巻を締めくくる文章を繋いでみると、まっすぐに突き進む一本の道が目の前に敷かれているかのように読めてくる。『とはずがたり』は、そのセンセーショナルな内容や王朝スキャンダルとしての一面が取り上げられがちだが、一方で苦悩や挫折を乗り越えて、成長していく一人の女性の物語としても成り立っていることがわかる。二条は男たちに翻弄《ほんろう》されつつも、一所懸命に生きようとしていただけではなく、苦しい試練を通して自らの生き方について模索し続けたともいえる。本作が書かれた時点では後深草院も有明の月も既に他界しているので、どんなに批判されようとも本人たちにはもう関係ない。そして、たとえその文章を読む機会があったとしても反省したとは考えにくい。現代の読者に至っては、はるか昔の権力者は変態癖があったと知ったところで単なる豆知識に過ぎない。しかし、二条の揺れる心、泣き伏せる姿、弱みを握られて途方に暮れる心境、そのすべてが歴史的背景を超越して、力強いメッセージとして私たちの心にまで届く。彼女の言葉は隠ぺいされていた過去の真実を暴き、自分を取り戻す道を照らし示す小さな炎となって、同じような人生を耐えた人たちの葛藤と苦しみを物語っている。その微かな薄明かりは一筋の希望となり、闇に満ちた世界を照らし続けている。

いつだったか、1981年に『とはずがたり』をブルガリア語に翻訳したツベタナ・クリステワ先生の講演を聴く機会があった。先生は翻訳を出版してくれるところを探しまわったが、現代のものはともかく、海外の古典文学なんて誰も読まないだろうときっぱり断られ続けた。しかし、ある編集者から、はるか昔に遠い国で書かれたものだとは思えないくらい二条の葛藤を近いものに感じられた、と連絡があり、めでたく出版にこぎつけたそうだ。そして予想に反して、『とはずがたり』はブルガリアで3500部以上を売り上げるベストセラーとなった。社会主義時代のブルガリアの人たちにとって、涙を流しながらも、たくましく一人で生きていく二条の生きざまはどのように映ったのだろうか。物語の壮絶な旅はこれからも曲がりくねった道を辿って、思いがけないところに辿り着きそうな気がしている。

給湯室ガールズトークの元祖

紫式部《むらさきしきぶ》『紫式部日記』

稀代の天才が集まった平安京

「蓑《みの》のそばへ笠《かさ》が寄る」ということわざがあるが、あるときガード下の飲み屋で騒いでいるくたびれたサラリーマンたちを眺めていて、まさにその状況にぴったりな表現だと心の中で納得した。似たような者同士が親しくなるというのはごく自然なことだ。しかし、集まってくるのがヨレヨレなスーツを着て、ジョッキでビールをあおりながら上司の悪口で盛り上がる残念なおじさんたちではなく、才能溢れるアーティストや歴史の流れを変えた偉大な人物となると、すごい人たちを同じタイミングで、同じ場所に引き寄せた運命の気まぐれに驚いてしまう。しかもそれは思うほど珍しいことではなく、歴史をひもといてみると、むしろそのような偶然の重なり合いは幾度も訪れている。

たとえばメディチ家に支配されたルネサンス期のフィレンツェ。ヨーロッパに美しい街はたくさんあれど、「花の都」という名で知られていたフィレンツェはとりわけ稀に見る麗《うるわ》しさを誇る。街の随所にそびえ立つ壮麗な建物の隙間から空を見上げて、サンドロ・ボッティチェリや若きミケランジェロがテクテクと歩いていたはずだ。レオナルド・ダ・ヴィンチもラファエロも、美術史の教科書に出てくるその他の面々も道端ですれ違い、下手すると同じ店で絵具やキャンバスを買ったり、近くに住んでいたりした可能性が高い。

隣の国だって、二十世紀初期のパリの夜はファンタスティックな人たちで賑わっていた。

ピカソ、マティス、アポリネール、セザンヌにルノワールやヘミングウェイなど、錚々たるメンバーがガートルード・スタインというアメリカ人の風変わりおばさんの家で毎週土曜日に集まっていた。そこでがぶがぶ鯨飲《げいいん》して、アートやら恋やらと熱く語り合っていたらしい。

日本の場合、平安期を風靡した女流作家の間でも驚くほどの強い繋がりが見られる。藤原道綱母は、紀貫之があの『土佐日記《とさにっき》』を書き上げて間もなくに生まれるが、彼女は紫式部や清少納言のちょうど親世代にあたる。兄に理能《まさとう》という人、弟に長能《ながとう》という人がいて姉と妹もいたようだ。兄の妻は清少納言の姉妹で、妹は菅原孝標と結婚して、生まれた娘は『更級日記』の作者として知られている。そして姉は、藤原為雅《ためまさ》という人と結婚して、彼の姪の子はなんと、かの有名な紫式部だった。また、時期が少しずれているものの、清少納言と紫式部は一条天皇の時代に後宮で仕えており、お互いの存在をかなり意識していたとされている。さらに、紫式部は和泉式部と同僚であり、手紙のやり取りをする程親しく、『栄花物語《えいがものがたり》』を著《あらわ》した赤染衛門とも親交が深かったようだ。こうして平安期の才女たちの関係図を辿ってみると、その世界がいかに狭かったのか一目瞭然だ。

ルネサンス期のフィレンツェや二十世紀のパリであれ、中世の平安京であれ、著名な知識人が集まったら、そりゃもう芸術にまつわる高尚《こうしょう》な話しかしない、凡人と隔絶した日常を送っているだろうと勝手に想像が膨らむ。だが、名高いインテリの間でも、ひょっとしたらガード下に癒しを求めてやってくるサラリーマンたちと大して変わらない質の会話が飛び交うことだってあったかもしれない。

例として『紫式部日記』を挙げてみよう。そこには、作者が属していた小さなコミュニティの中で繰り広げられる泥沼の人間模様がはっきりと記録され、現代社会の様々な場面に通ずるところがたくさんあって、ページをめくるなり、平安京の給湯室《きゅうとうしつ》を覗いているような気持ちになる。噂あり、嫉妬あり、悔し涙あり、そしてときには共有スペースでの歯磨きや爪切りというような許すまじき行為をする人も現れ、職場における大人の世界のディープなところまでがイキイキと描写されている。

日本文学の最高傑作、『源氏物語』に登場する「紫上」にちなんで「紫式部」と呼ばれるようになった大先生だが、それは彼女の実名ではないことは周知のことであろう。

当時は言葉に妙な力が宿るという考え方が浸透しており、男女を問わず、実名で呼び合うことは避けられていた。また、系図に載るのは男性の名前だけで、妻や娘に関しての記録が必要だった場合、ただ単に「女子」と記す風習があった。その結果、実名が伝わっている女性は三位以上の地位に昇りつめた人だけということになるが、具体的にいうと、天皇の后《きさき》や女御《にょうご》、乳母《うば》、摂政・関白の妻などに限られていた。私たちが今使っている呼び名は、それぞれの女性の父親のランクや夫の勤務先の組み合わせなどからできているケースがほとんどで、誰々の娘、誰々の母、どこかの受領の妻というような具合になっている。

ところが、紫式部だけは違う。なぜかというと、その名前は男から譲ってもらったものではなく、自らの力で綴った作品に由来しているからである。その事実こそが彼女がどれほど異例で偉大な女性だったかを物語っている。つまり、紫は男になんぞ頼らない、堂々と自立したキャリアウーマンの鑑《かがみ》である。

幸か不幸か、後世の想像の中で、そんなすごい紫式部大先生はたおやかで感情豊かな紫上と重ね合わせられることが多い。しかしながら、『源氏物語』より後に作成された日記の内容を読んでみると、そのイメージとまるっきり違う人物像が浮かび上がってくる。

インテリたちの知られざる生態

紫式部は中宮彰子の女房として働いており、宮仕えの思い出を綴った『紫式部日記』は主人のはじめての出産、しかも男の子の誕生というめでたい出来事の記録として始まっている。そして、それにとどまらず、優雅な式典や宴会の背後にあったドロドロの裏の政治もチラリと見せてくれる興味深い一冊である。

当時、由緒ある家系に生まれた娘たちはみんな、内裏《だいり》に参入することを必死になって目指していた。しかし、入内《じゅだい》というゴールを達成したとしても、待ち構えていたのは決して楽な人生ではなかった。若くてピチピチな小娘、知的で洗練されたマダム、お色気ムンムンの美女……ライバルは千差万別、平安のレディスたちは差別化戦略に日々気をもんでいたに違いない。そこで仮に天皇の愛を獲得できたとしても、今度は天皇候補になる男の子を産めるかどうかというのが死活問題となり、自らの運命も実家の男たちの出世もそれにかかっていた。自分ではコントロールできないパフォーマンスを求められる中で、女たちが一身に担っていたストレスは尋常ではなかっただろう。彰子の場合は、状況がさらに複雑だった。

嫁いだ当初、一条天皇は20歳くらいで、彼より4つ年上の定子という最愛の妻が既にいた。そして彰子は当時12歳……。それは、ダメでしょう……。天皇には子供にしか見えない年齢差。おまけに、定子の父親は藤原道隆、彰子の父親は藤原道長、二人は13歳違いの兄弟という関係にいた。娘たちはいわば兄弟の権力戦争に使われた犠牲者ともいえる。

やがて定子は若くして命を落としてしまい、残った彰子に子供を産むチャンスが巡ってくるわけである。そのときも紫式部やその他の女房たちが主人のそばにいて、それらの動きを素早く察知し、すかさず的確なアドバイスを提供しながら、最前線で活躍をしていた。『紫式部日記』はこのような大人の事情を垣間見る貴重な歴史的資料として価値が高い。それと同時に、作者の洞察力も堪能できるうえに、女房の本音トークが炸裂する辛辣な筆致も楽しめるというのは大きな魅力だと思う。

たとえば若宮《わかみや》が無事に生まれて、とはいえまだまだ緊張感が漂う母屋《もや》の様子の描写。

東面なる人々は、殿上人に交じりたるやうにて、小中将の君の、左の頭の中将に見合はせてあきれたりしさまを、後にぞ人々言ひ出でて笑ふ。化粧などのたゆみなくなまめかしき人にて、暁に顔づくりしたりけるを、泣き腫れ、涙にところどころ濡れ損なはれて、あさましうその人となん見えざりし。宰相の君の顔変わりし給へる様などこそ、いと珍らかに侍りしか。ましていかなりけむ。されど、その際に見し人の有様の、かたみに覚えざりしなん、かしこかりし。

(イザベラ流 超訳)

東側にいた女房たちが殿上人と入り混じり、小中将の君という女房が左の頭中将という殿方と顔を見合わせて、かなりぼうっとしていた。後でそのことが知られて皆が話題にして笑ったものだ。いつもカンペキにメイクをしているおしゃれさんで、その日も明け方にばっちりお化粧直ししていたけど、まあ大変だったので、涙で濡れたところは化粧が崩れて、正直彼女だとわからなかったわ！ 宰相の君も珍しいことにまるで別人みたい。自分もどうなっていたことやら。私はラッキーだったたと思うの、みんなが動転していて、そんな些細なことなんて誰も気に留めたりはしないんだもの。

作者の目線は早くも周囲に向けられて、かなり注意深くその様子を捉えている。平安時代と現代の美の基準は大きく異なるが、とにかく女房たる者は「ちゃんとしていないといけない」というのが鉄則だった。理由はともかくとして、乱れている様子は絶対に許されることではなかった。それを重々承知していたはずの紫は、「他人事ではないわ〜」、とか「私はラッキーだったと思う」というような言い訳フレーズをつけているものの、それは逆に容姿の比重をさらに強調しているようにも聞こえる。そして、誰も見ていなかったかもしれないが、お化けのような顔をしている同僚の残念な姿は少なくとも紫自身の記憶に焼き付けられている。この二人の女房に関して、化粧崩れおばさんという記録しかないというのは実にお気の毒だ。その瞬間を見逃さずきっちりと文字に残したことを見ると、結構意地悪な人でもあったのではないか、大先生……。

噂好きの「ついでにね……」は怖い

私はかなりひねくれた性格であるため、『紫式部日記』の中で一番好きなのは、やはり作者のちょっぴり意地悪な一面がちらと光る「消息文《しょうそくぶん》」と呼ばれている部分だ。正直にいうと、敦成《あつひら》親王（若宮）の誕生の後に長々と描写される盛大なお祝い事のところをすっ飛ばして、この消息文をゆっくりと味わうというのが、良い子は絶対に真似してはならぬ私流の楽しみ方だ。

それまで少し硬めになっていた文体が、いきなり誰かに宛てた手紙のようなスタイルになっているため「消息文」と呼ばれるわけだが、そこには清少納言バッシングという有名なくだりも含まれている。文体の変更に関しては、はっきりとした理由がわかっておらず、いくつか仮説が提唱されている。

真実はわからないが、平安時代はそもそもプライバシーという概念がなかったため、何かを紙に書き起こした以上、いつ、誰に読まれてもおかしくなかった。それを裏返すと、消息文を書いたときも紫は読まれることを意識していたということになる。そこで、「少しよろしいかしら……」という無邪気な顔を見せつつ、周りの人についての評価をビシッと。さすが大先生、様々な文体を使いこなし、うまい具合に自らの感情を隠したり、さらけ出したり、チラ見せの美学を極めている。

消息文は出だしから強烈。噂好きだった当時の読者は大層楽しめたことであろう。

このついでに、人のかたちを語り聞こえさせせば、物言ひさがなくやはべるべき。ただいまをや。さしあたりたる人のことは煩はし。「いかにぞや」など、少しもかたほなるは言ひ侍らじ。

（イザベラ流 超訳）

いろいろと話したついでに、人の容姿とかについて書いたりしたらおしゃべりだと思われちゃうかしら。毎日顔を合わせている同僚についてとか、まさか言えないわ。厄介だもの。それに「うわ、これないわー」って思うような欠点がある人のことは言わないでおこう。

同僚についてまさか！ と自分で切り出したにもかかわらず、言ったそばからその言葉を忘れているかのように、先生の厳しい眼差しは間髪入れずに周囲の様子を細かく映し出していく。色とりどりの女たちがリアルに描かれ、まさに女房図鑑のようなものを眺めている気分になる。そして、褒めているときはあっても、やはり少しばかりの意地悪さを忘れずに、かなりスパイスの効いた口調で話が展開されている。たとえば小大輔という女房についての次の記述。

若人のなかにかたちよしと思へるは、小大輔、源式部など。小大輔はささやかなる人の、やうだいいといまめかしきさまして髪うるはしく、もとはいとこちたくて、丈に一尺余あまりたりけるを、落ち細りて侍り。顔もかどかどしう、「あなをかしの人や」とぞ見えて侍る。かたちは直すべきところなし。

（イザベラ流 超訳）

若い人の中で、かわいいと思うのは小大輔や源式部とか。小大輔は小柄で、今風の美人。元々は髪の毛がホントにキレイで、身長よりも長かったけど、今はだいぶ抜けて分量減っちゃっているわ。知的な顔立ちで、「素敵な人だわ」とみんな思う。外見は直すところないわ。

なんかこう、言いたい放題。見た目はそれほどゴージャスではなかったと噂されている紫だが、それにしては相手を完全になめているような上から目線。他人の欠点を見逃さず、ここぞとばかりにメスを入れる、その緻密なテクニックこそが自信のなさの表れでもあったのかもしれない。

髪の毛の量と美しさは女の命だった平安時代。自らの最大の魅力だと言われ続けたのに、その髪の毛が少しずつ薄れてきていると気付き、心配していたはずの小大輔はこの文章を読んでどう反応したのだろうか。若いのに薄毛なんて、深刻だもの。もっと言うと、「かたちは直すべきところなし」と締めくくっているけれど、その「かたちは」が妙に強調されているようで、じゃあ外見以外は何か直すところがあったのだろうか……と深読みを誘うような言い草になっている。

一度始まったら本音トークが止まらない。

次は大斎院選子《だいさいいんせんし》の女房、中将の君に対してかなり毒を吐く。大斎院選子様は57年間、円《えん》融《ゆう》・花山・一条・三条・後一条天皇の5代にわたり在職したスーパーマダムで、彼女がリードするサロンは定子と彰子に並ぶほどの豪華さ。そして、紫式部は中将の君が誰かに宛てたプライベートな手紙を何かの手回しをして手に入れ、そこに書いてある彰子とその女房たちの悪口にカンカンに怒る。他人の手紙をこっそり読んで、その行為を堂々と自分の日記に暴露して良いのか⁉　とこちらのほうがドキドキしてしまうが、盗み聞き、覗き見が日常茶飯事だった平安時代なので、そこはそれほど重要ではないらしい。

いとこそ艶に、われのみ世にはもののゆゑ知り、心深き、たぐひはあらじ、すべて世の人は心も肝も無きやうに思ひて侍るべかめる、見侍りしに、すずろに心やましう、「おほやけ腹」とか、よからぬ人のいふやうに、にくくこそ思う給へられしか。〔……〕常に入りたちて見る人もなし。をかしき夕月夜、ゆゑある有明、花のたより、時鳥のたづねどころにまゐりたれば、院はいと御心のゆゑおはして、所のさまはいと世離れ神さびたり。またまぎるることもなし。

（イザベラ流 超訳）

すべて深く理解し、このうえなく洗練された心の持ち主、この世で我こそ唯一無二の存在、他の人は中身なんぞございませんとでも思っているようだ。読んでいるうちに、下々が言う「むかつく」でしたかしら、あの言葉の通り、不愉快な気持ちになったわ。〔……〕だって、見張っている人もいないんだし。素敵な夕月夜、おしゃれな有明、桜が咲く頃ほととぎすを聞いたりしているときに私も訪れたりするけど、そりゃもう大斎院様は趣味がよろしくって、まるで別世界というのは認めるよ。でもさ、そっちは雑用もないだろうけど、こっちはいろいろと大変なのよっ！

大先生はご立腹のようだ。著者の個人的な怒りはさておき、このくだりから様々な政治的なカラクリを垣間見ることもできる。彰子は当時一条天皇の唯一の妻で、飛び抜けた権力者の娘。そんなすごい人の下で働いている紫は他人の（ましてやプライベートの……）嫌味や噂にいちいち腹を立てて、過剰反応しなくても良かったのではと一瞬思ってしまう。しかし、平安は女性の立場が非常に流動的で、たとえ后でも安心していられるような甘い世の中では決してなかった。後宮にはたくさんの女性がいて、彼女らは教養と知識、美貌とセンスを競い合って、男性と同じくらい権力争いに参入していた。歌合と花見に明け暮れる楽しい生活とは裏腹に、会社の看板を背負っているトップ営業マンのようなプレッシャーに毎日耐えて、噂一つでも馬鹿にできない世界に逞《たくま》しく生きていた。今は安泰でも明日は何があるかわからない、プライベートな手紙だろうが、正式な条例だろうが、紫も同僚も日々ピリピリした空気の中で生活していたわけである。そのうえ感情を押し殺して女らしく振る舞うことも求められていたので、平安の女たち、いと恐ろし!! 現代人が一日でもその中に入れられたら瞬殺されそう。

実はあの大物と大恋愛?

消息文の後に、年次がはっきりしないエピソードがいくつか置かれている。後で誰かによって追加されたものなのか、それとも最初から紫自身がこのような構造にしていたのかは不明だが、断片的な記録からさらなるディープな事情が透けて見えることだけは確かだ。それはもちろん、どの会社の給湯室にも必要欠くべからざるもの、絶対にバレちゃまずい、スリル満載の職場恋愛であることはいうまでもない。しかも、そこには成績不振な営業マンと妙齢の受付嬢の一瞬の盛り上がりではなく、史上最高の才女と当代きっての権力者との知られざるパッションの疑惑がくっきりと浮かび上がってくるのだ。そう、紫式部大先生と藤原道長、現代風にいうならば、俺様社長の恋の罠に引っかかってしまった有能な秘書のようなストーリー。裏政治の陰謀に不倫……度重なる儀式の淡々とした記録だと思いがちな『紫式部日記』は、華麗なる秘め事がたくさん眠っている、実に並み外れた暴露本でもある。

道長は娘の彰子を最強の后に仕立てようと企んでいた。一条天皇の愛を勝ち取り、子供さえ産んでくれれば自らの立場も安泰だし、権威も手に入れることができると思ったからだ。そのためには、教養の高い、妖艶で魅惑的な女性に育てるのが最優先事項であると考え、如才《じょさい》ない女房たちを次々とスカウトし、愛娘の家庭教師として雇った。話題沸騰の『源氏物語』を執筆中の紫式部もその一人だった。

紫にとって道長は教え子の父親であり、雇い主であり、そして『源氏物語』を書き続けるための環境を提供してくれたパトロンのような大切な存在でもあった。しかし、毎日頻繁に顔を合わせ、気が付かないうちに仕事の話からプライベートの話題に移り、二人の間の距離が少しずつ、しかし確実に縮まっていったことも安易に想像ができる。だが、もちろん、このような恋愛は大抵の場合うまくいかない。

源氏の物語、御前にあるを、殿の御覧じて、例のすずろごとども出できたるついで

に、梅の下に敷かれたる紙に書かせ給へる、
すきものと名にし立てれば見る人の折らで過ぐるはあらじとぞ思ふ
給はせたれば、
「人にまだ折られぬものを誰かこのすきものぞとは口ならしけむ
めざましう」
と聞こゆ。

（イザベラ流 超訳）

ある日、中宮様の御前に源氏物語の原稿が置いてあると気付き、いつものように道長がとりとめのない話をされていたが、そのついでに梅の下に敷かれていた紙を手に取って、次の歌を書いた。
梅が酸《す》っぱくておいしいとみんな知っているので、その実を見かければ枝を折らないで通り過ぎる人はいないでしょう。それと同じように、『源氏物語』のような作品を書いているあなたは情事に慣れてらっしゃると評判なので、口説かずに知らんぷりする男はいないと思うけど、どうかね？
それを受け取った私は
「わたくしは恋愛経験が一切ございませんので、何を言いたいのかさっぱりわかり

ません。そのようなデマを流しているのは誰かしら、本当に心外ですわ」と答えた。

道長はついにちょっかいを出す。彼の歌に出てくる「すきもの」の「すき」は好色の「好き」と梅の酸っぱさを意味する「酸き」とを掛けたものであり、それはもう大胆な口説き文句になっている。軽く受け流しているものの、紫は言い寄られてまんざらでもなかったと思われる。彼女はただ単に「おいしそう」と言われて喜ぶような女ではないはずだが、道長の言葉は一見チャラい発言のようで、才女の目を向かせる魔法の隠し味がちゃんと効いているからである。

古典文学の世界には偶然なんてことはない。歌に仕込まれている数々の引用をどう解釈するかによって意味が二転三転するだけではなく、添えられている花の色や形、選ばれている紙の質感など、和歌を通して行われるコミュニケーションという文脈においては言葉の周りにある小道具一つひとつも非常に重要な役割を果たしている。このエピソードをもう一度読み返すと、梅の敷き紙の他に、もう一つ大事なモノが言及されていることに気付く。そう、『源氏物語』の原稿がそこに置かれているのであった。道長はそれに触発されたかのように、すぐさま筆を走らせるが、やはり彼が詠んだ歌は『源氏物語』に由来しているものだと考えても間違いない。

現に、「夕顔」という巻に次の歌がある。

咲く花にうつるてふ名はつゝめどもをらで過ぎうきけさの朝顔

（イザベラ流 超訳）

目の前に咲く花に心が移って悪評が立つと困るけど、折らないで通り過ぎるのがつらい、今朝の朝顔のような君だ

源氏君が六条御息所と一夜を共にして迎えた朝。時間と労力をかけてやっと口説き落とした年上のマダムのところに通い始めたが、思ったほどの快楽を得られず、むしろ、フルコミットを求めている彼女に早くも飽き飽きしている。六条御息所の女房である中将君が彼を見送り、源氏君は庭先で咲き乱れる花を見ながら、ちらちらと若くてかわいい中将君に視線を送る。その初々しい姿はまるで咲いている花と同じようにしなやかで美しく、見とれた源氏君は右記の歌を詠む。さっき女と別れたばかりじゃないか！　と怒りの言葉が喉まで出てくるが、源氏君はキレイな人を見れば我慢できない質なので、そこは許してあげよう。

しかし、この源氏君の歌と道長のとを比べると、「名」と「折らで過ぐる」という表現が同じであることに気付く。つまり、引用しているのね！　それを発見したとたん、単な

るナンパの一言に思えたセリフには、実は三つもの意味が積み重なっていたということがわかる。まず、「君はおいしそうだよ」といううわべのチャラい褒め言葉。その次は、「君を見て、俺も源氏君みたいに見惚れてしまい、声を掛けずにはいられなかったぜ」という、もう少しインテリ風味を帯びた口説き文句。そして、さらに「君が書いた素晴らしい作品を高く評価している。大好きすぎて、そこに出ている歌まで丸暗記しているぞ」というふうに、彼女の才能をべた褒めしているわけである。知的でユーモアもあって、彼のようにスマートな会話ができる男性はそうはいない。才女もその言葉を聞いて、ドキッと、イチコロだったでしょう。

しかし、二人は上司と部下の健全な関係だけにとどまったのか、それとも危険な情事に足を踏み入れたのか、それは謎のままである。『尊卑分脈《そんぴぶんみゃく》』という中世の系図では、紫式部について「道長妾」と書かれているらしく、その一言がいろいろな伝説の所以となっている。ところが、その記載自体の信憑性が低いともいわれ、それ以外二人のロマンスを裏付ける決定的な証拠は未だに見つかっていないようだ。失われた日々の真実を確かめることはできないが、『紫式部日記』には次の意味深なくだりがある。

渡殿に寝たる夜、戸を叩く人ありと聞けど、おそろしさに音もせで明かしたるつとめて、

夜もすがら水鶏よりけになくなくぞ真木の戸口に叩きわびつる

返し、

ただならじとばかり叩く水鶏ゆゑあけてはいかにくやしからまし

(イザベラ流 超訳)

夜、渡殿の局に寝ているときに、誰かが戸を叩く音がして、恐ろしくって、息を殺して一夜を明かしたわ。朝には次の歌が送られてきた。

一晩中、俺は水鶏《くいな》以上に泣きながら君の戸を叩きあぐねたんだよ

それに対して、

確かにとんだ騒ぎだわと思ったが、一瞬だけの思いつきだったでしょう。そこまで熱心になく水鶏だからこそ、戸を開けてしまったらどうなっていたことやら

主語は省略されているので、夜を通して戸を叩き続けた男性が誰だったのかは明らかになっていない。しかし、この話は前述した「すきもの」のエピソードのすぐ後に配置されていることから、しつこい男は藤原道長だったというのが通説となっている。

女房たちが待機する局に訪問者が現れるというのは、珍しいことではなく、むしろありふれた光景だったと思われる。手紙やプレゼントを運ぶ若者の使いが来たり、女房たちの

愛人が忍び入ったり、侍女たちに案内されるスペシャルゲストなど、そこは毎日のように殿上人がせわしなく行き交う場所であった。そう考えると、紫式部のように貫禄のある、デキる女房が夜中のノックくらいで動転して狼狽えるなんておかしい。たとえ乱暴で強いノックだったとしても、宮仕えの経験がある人であればどう対処すべきかは心得ていたはずだ。紫を怖がらせたのは、音そのものではなく、障子の向こうにあった愛の可能性だったとも思われる。

『源氏物語』は、恋と欲望に身を委ねる女たちの姿に満ちているが、幸せになっている人は、誰一人いない。夕顔は無残な死に方をしてしまい、六条御息所は生霊を飛ばしまくり、紫上は未練たらたらのままでこの世を去り、女三宮は罪悪感に耐えかねて出家する。日記とほぼ同時期に執筆されたと推測される「宇治十帖」の主人公浮舟は、二人の男の間に揺れて、葛藤に苛まれて自殺を図ろうとする。愛は危険だ、紫は誰よりもそれを知っていたからこそ、怖くて恐ろしくて、一睡もせずにその愛が去るのをじっと待っていたのかもしれない。

もちろん、日記に書いてあるのは、彼女が周囲に信じさせたかった内容に過ぎないので、実はそっと戸を開けて、道長と夢の一夜を過ごしたことだって十分にあり得る。その後もみんなに悟らせないように、慎重に密会を重ねて愛を深めたのかも……語られている内容もあえて語られていない内容も、『紫式部日記』は妄想癖をフル稼働させてくれる素敵な作品である。しかし、どちらにせよ、紫がここで伝えたかったのは職場恋愛の危険と恐ろしさであり、事実はどうであれ、私たちもその忠告を真摯に受け止めたいところである。

ライバルがたくさん、難しい仕事も山積み、360度評価のことで気をもみ、この恋愛で良いのだろうかと思いあぐねて紫式部が生きていた日々は、源氏君の輝かしい空想よりむしろ、私たちが毎日体験している世界により近かった。そして、その厳しい環境で鍛えあげられた彼女が少しだけ、心の扉を開いて、自分の意地悪なところや弱いところ、むかつくところを見せてくれているというのはとても貴重で、最上級の贅沢だ。

想像上の人物である紫上のように、感情豊かですべてに対してほぼ完璧な人にはもちろん憧れるが、『紫式部日記』に描かれている本物の紫は、弱みと強み、不安とプライド、悩みとストレス、どちらも持っていた人。人間味に溢れたその素顔に心を打たれ、思わず共感してしまう。

現代を生きていたら、あの紫もきっとガード下で一杯飲んで一週間の「おほやけ腹」なことを忘れて帰っていたことであろう。

ふたつの顔を持つ日本最古のヒロイン

かぐや姫『竹取物語』

草食男子よ、『竹取物語』を読め

人生には3回モテ期が来るという話をよく耳にする。その都市伝説の真偽を確かめるには辛抱強く待つこと以外に術《すべ》はないけれど、私はといえば、来日してから現在に至るまでの約15年間、交友関係が劇的に変わるような契機は一度も訪れていない。

母国で暮らしていたときも自慢できるほどのモテぶりではなかったにせよ、突然胸がキュンとときめく出来事に遭遇することはしばしばあったっけ。そしてそれが、大きな荷物を抱えて成田空港に到着したとたん、はたと途絶えた……。人口1300万人以上の東京という街に住んでいるにもかかわらず、電話番号すら聞かれることなく、色恋に関して言うと、東西南北を見回してもまるで砂漠のよう。それればかりは努力してどうにかなるわけではないが、友達に相談をしてみたところ、「日本男子はシャイだから……」と目を伏せながら、みんなが口を揃えて言うのであった。

そんなシャイな日本男子にぜひとも参考にしていただきたい古典文学の作品がある。それは長年愛読され続けて、親しまれてきた名作、大胆不敵な殿方が大勢登場する『竹取物語』である。

『竹取物語』のあらすじの大部分を占めているのは、かぐや姫と結婚したがっている公《きん》達《だち》の凄まじい冒険。また、それを通して一人ひとりの熱い想い、滅多に見られない強引さと野太さがあらわになっている。冒頭から結末に至るまで、かぐや姫はその熱烈なアプローチに振り向く素振りなど微塵も見せないが、男どもは懲りずに思いつく限りの手口を次々と実行し、脅威すら感じてしまうナンパ術を披露。今や絶滅寸前と言われている肉食系男子が大集結のご様子。

驚異的な速さで大人の女性に成長したかぐや姫は、この世のものとは思えない美貌の持ち主として噂されるようになる。それを聞いただけで若い男という男はみんな恋に悶えて、身分の上下もおかまいなく彼女を自分のものにしたいと思い悩む。姿を一度もまともに見たことすらないのに、そこまで恋に燃えるというのはお馴染みの平安時代らしいチャラさである。

愛はすべてを征服すると言われているが、かぐや姫のもとに群がる男たちの行動は悪質なつきまといにさえ思え、現代社会だったら軽く法律に触れるほどだ。

そのあたりの垣にも家の門にも、居る人だにたはやすく見るまじきものを、夜は安き寝も寝ず、闇の夜に出でても、穴をくじり、垣間見、惑ひあへり。さる時よりなむ、「よばひ」とは言ひける。

人の物ともせぬ所に惑ひ歩けども、何のしるしあるべくも見えず。

(イザベラ流 超訳)

その家に仕えている人でさえ彼女の姿を見る機会はめったにないというのに、この男どもときたら夜もろくに寝ないで屋敷のまわりの垣根や門などあらゆるところに穴をあけて、どうにかして中を覗こうとうろついている。そのとき以来、この行動を「夜這い」と呼ぶようになった。まともな人なら考えもしないところにまでふらついたりするが、まるで効果がない。

古代エジプト人は砂を表す50種類の単語を持っており、イヌイットは雪を表す100種類の単語を持っていたという話をどこかで読んだことがあるが、語彙《ごい》の豊かさこそはその文化の価値観のバロメーターとも言える。

古典作品に出てくる日本語に限定して考えると、男女関係にまつわる単語は驚くほど多く、かつ表現一つひとつの持つ意味合いも実に細かく定義されている。右の引用文は数行しかないが、そのうちに「垣間見る」、つまりものの隙間から誰かをこっそりと覗き見ること、と「夜這い」、男性が求婚して女性のところに通い詰めること、という二つの表現を使って胸が熱くなっている男たちの行動が正確に描写されている。

似たような意味合いを持つ単語をパッと思いつく限り羅列してみると、「呼ばふ」つまり求愛のために女性のところに行くこと、「逢ふ」「語らふ」「契る」「髪を乱す」……男女が深い仲になるという状態を表している言い回しはその他いろいろ。さらに、平安時代の人たちが得意としていた比喩や掛詞、ほのめかしの領域に足を踏み入れると、もうキリがない。情熱の国として謳われてきたイタリアはあらゆるシチュエーションにおいてアモーレ一筋で済ませているのに比べたら、大違いである。

愛の文化を育むことができた平安時代の貴族たちは、あり余るパッションと意気込みを持っているだけに、きっと暇をもてあましていたに違いない。出会いがないと嘆く働き詰めの現代人に、少しだけでもその熱意を分けていただきたいところだ。

求婚バトルに隠された狙い

しかし、本作は手持ち無沙汰の貴族が愛に溺れ、まったくその気がないかぐや姫に対してストーカー行為を繰り返すだけの話ではもちろんない。つれづれを紛らわすために軽く流せる話ではあるが、注意深く読むと二つのしっかりとした芯が物語の骨格を支えていることに気付く。

一つ目は、前半を輝かしく発展させる、ユニークな社会考察。そして二つ目は、ミステリアスな謎に包まれたかぐや姫というキャラクターの変容ぶり。

まずは一つ目。物語の原作者は不明だが、当時の藤原政権にかなり批判的な立場にあった、中級貴族の男性知識人らしい、という点において研究者の意見がほぼ一致している。その見知らぬ作者の置き土産である『竹取物語』は、様々な歴史が窺える貴重な資料であるばかりでなく、緻密に練られたプロットは楽しめる要素がてんこ盛りで、現代小説と肩を並べるくらい読み応えがある。そしてその中で、随所に散りばめられている裏ストーリーと作者の想いが込められているウケ狙いの仕掛けは特に面白い。

かぐや姫の周りには求婚者が群がるわけだが、最終選考者として、石作皇子《いしつくりのみこ》、庫持皇子《くらもちのみこ》、右大臣《うだいじん》阿部御主人《あべのみうし》、大納言《だいなごん》大伴御行《おおとものみゆき》、中納言《ちゅうなごん》石上麻呂足《いそのかみのまろたり》、という恋愛中毒の貴公子5人が残る。誰よ、こいつら？　所詮想像上の物語の人物じゃん……と思いきやなんと5人とも実在した歴史上の人物らしい。

さらに、改めて名前を見直してみると、皇子、大臣、大納言、中納言……当時のヒエラルキーに特別詳しくなくてもなんとなく錚々たるメンバーが集まっている感じが伝わる。

室町時代や江戸時代に、それぞれの人物のモデルとなった政治家についていくつかの研究が既に行われていたようだ。名前はほぼそのまま、あるいは少しもじった程度のカムフラージュしかしていないので、同時代の読者には注釈なしでもその正体がすぐに見破られていたはずだ。かぐや姫の要求によって貴公子たちは窮地に追い込まれることになるが、要するに物語の中で当時の最高権力者がネタにされているわけである。平安時代はリベラルだったにしても、そこまで言ってしまって大丈夫なのか、見知らぬ作者よ……と今さらながら心配になる。

5人の貴公子が苦汁をなめさせられるきっかけとなるのは、かの有名な超難題。よっぽど個人的な恨みがあったのか、『竹取物語』の半分以上を占めているそのダメンズの失敗話にはかなり熱が入っており、妬みゆえに文才の光る場面が多々ある。

さて、人間界に属していなくても、女の姿形を持っている以上、結婚しないわけにはいかないというのが爺さんの言い分だが、どんなにごり押しされてもかぐや姫はまったく聞く耳を持たない。

「翁年七十に余りぬ。今日とも明日とも知らず。この世の人は、男は女にあふことをす、女は男にあふことをす。その後なむ門広くもなり侍る。いかでか、さることなくてはおはせむ」

かぐや姫の言はく、「なんでふさることかし侍らむ」〔……〕

〈イザベラ流 超訳〉

「わしはもう70歳を過ぎて、今日や明日で死んでしまってもおかしくない。この地球の住人はみんな男というものが女と結婚して、女というものが男と結婚する。そ

うして子供をもうけて、その繰り返しじゃ。それが普通なんだから、あなただって
そうせずにいられるわけはありませんぞ」
それを聞いたかぐや姫は「どうして結婚などというものを必要とするのですか？」
「……」

月の住民である姫は、しばらくの間地上に降ろされたという設定になっているが、似たような様式を用いる物語はその他にも数多く存在しており、それらはいわゆる「天人《てんにん》女房《にょうぼう》」という説話の影響を受けているものとして論じられることが一般的だ。しかし、類似点を見いだすことはできるものの、その話のどのバージョンに比べても『竹取物語』には一点の大きな違いがある。先行する物語は口頭伝承によって伝播《でんぱ》されているので正確な内容を把握するのは困難だが、文字として残っているものを見てみると、ヒロインが現代のアイドルのように恋愛禁止を食らっている例は見受けられない。たとえ人間との恋を禁じられたとしても、主人公が律儀《りちぎ》に従うことは到底あり得ないだろう。そういう掟こそ破られる、というのは物語のお約束事だもの。
むしろ、超自然的な存在が人間と恋に落ちるというモチーフはあらゆる時代の文学作品に頻繁に採用され、今でもその手の話が読者を興奮させ続けている。バンパイヤだの、サイボーグだの、エルフだの……危険な恋ほど燃えるわけである。

ギリシア神話の主神たるゼウス様も、正妻の目を盗んでは人間界の女と浮気を繰り返し、呆れるほどの節操のなさを見せているが、その一方のかぐや姫は恋愛に対してまったくもって無関心だ。そこまで淡泊《たんぱく》で、消極的なヒロインは他にいるだろうか。ミカドにまで言い寄られているにもかかわらず、彼女は自らのモテぶりについて特に気にしている気配はない。

姫が結婚を拒み続けるのは人間界に属していないからなのだと解釈しがちだが、文学のページを彩る数々の禁断の恋に考えを巡らすと、彼女の揺るぎないスタンスの背景にあるのはそれだけではないという疑惑が頭に浮かんでくる。

浮気は日常茶飯事、興味が薄れるとすぐポイされちゃうし、後で後悔するくらいだったら、結婚するもんか！　と時代の常識に逆らって頑なに反抗するかぐや姫……。「ブラジャーよおさらば」というスローガンのもと、デモに参加していたウーマンリブの立役者の姿と重ね合わせたくもなるが、作者はまさかフェミニストのパイオニアだったとは考え難い。女性の味方だったかどうかはさておき、彼にとってはかぐや姫が独身を貫くことがとにかく重要だった、それだけは確かだ。しかし、そこまでこだわる理由は何だろうか。

平安時代において、女御たちは内閣の会議こそ出ていなかったが、男性の出世は親戚の女性の恋愛力次第だった。誰と結ばれて結婚するか、あるいは、誰に捨てられて離縁されるかによって、周りの男性の立場が危うくなったり、抜擢人事の対象になったりしていた。

言い換えれば、良い結婚は権力を握る王道手段だった。

かぐや姫を娘として迎えてから、竹取の爺さんは節の間に砂金がいっぱい詰まっている竹を見つけるようになり、いつの間にか金持ちに大変身。その噂をしっかりと嗅ぎつけた求婚者たちにとって、姫の美貌もさることながら、爺さんの財産は魅力的だったに違いない。社会的地位はそれほど高くなくても、結局はいつの時代でもカネがものをいう。

ところが、姫が結婚しないということになっている以上、求婚者がどう頑張っても彼女がもたらすであろう莫大《ばくだい》な富を手に入れることは、誰であろうとできないわけで、最初から勝ち目のない戦いに挑むことになる。いうまでもなく、そのような構造に仕立てているのは、ほかならぬ作者ご本人である。

何らかの理由で当時の権力者に反感を抱いていた彼にとっては、無理な目標に向かって空回りをする5人の様子を想像しながら筆を走らせるのはさぞ楽しかっただろう。現実の世界では政治家の圧力に対して無力だったかもしれないが、想像上ではしっかりと復讐を成し遂げている。

そこまで憎しみを持っていたのか、見知らぬ作者よ……。ド田舎に飛ばされたり、昇格を妨げられたりとか、その5人に何をされたのかが気になる。

止まらない作者の復讐劇

はたして作者のドSっぷりは、貴公子たちが超難題に挑む場面でクライマックスを迎える。

「いづれもおとりまさりおはしまさねば、御心ざしのほどは見ゆべし。仕うまつらむことは、それになむ定むべき」と言へば、これよきことなり、人の御恨みもあるまじと言ふ。

(イザベラ流 超訳)

「どなたの愛情にも優劣をつけられないので、私の願いを叶えてくれるかどうか、それこそ愛の証拠じゃないかしら。ほしいものをもって来てくれる人がいれば、その人を結婚相手にするわ」と姫がいい、爺さんは「そりゃいい考えだ。それならみんなが納得してくれるだろう」と大いに賛成。

やれやれ、ちょっとした宝石とか立派な着物とかで我慢してくれるだろう、と高をくくっていた貴公子たちはすぐに賛成するが、待ち構えているのは想像を絶する無理な注文ばかり。

石作皇子には仏の御石《みいし》の鉢《はち》。それはインドに一つしかないという高級品。彼は三年間ほどぶらぶらしてから、そこらの山寺に置いてあった黒くすすけた鉢というとんだ代物を盗んできて、シレッとした顔で姫に出してみる。即ばれて脱落。

さすがにこんな根性なしの男を姫と結婚させるわけにはいかないと爺さんも納得。

庫持皇子には中国にあると言われている蓬萊《ほうらい》の玉《たま》の枝《え》を注文。根が銀、茎が金、実が真珠の木の枝という豪華なもの。姫ったら、本当にお目が高い……。インドの次に中国、やはり海外のブランド物に憧れるのは現代女性だけではないようだ。

実物を誰も見たことがない品を探すのは至難の業。それっぽいものを作ればなんとか竹取の爺さんもかぐや姫もうまくごまかせると企んだ庫持皇子は、全国から職人を集めて秘密工場を作る。石作皇子に比べてスケールが大きい。完璧な偽物ができあがり、姫と爺さんは騙されそうになるが、報酬がきちんと支払われていなかった職人の内部告発によって、庫持皇子の嘘がばれてしまう。財力も失い、大恥をかき、二人目の挑戦者も断念。

右大臣阿部御主人には中国にある火鼠《ひねずみ》の裘《かわごろも》を注文。よくもそんな変わった品を思いついた、さすがかぐや姫……。

火鼠なんぞ、想像しただけでも背筋が凍るのだが、その毛を織って作った布が火に燃えず、汚れても火に入れると真っ白になるという特別なものだと言い伝えられていた。そんな珍しい高級品を簡単にゲットできるはずはないが、右大臣阿部御主人はこのコネやあのコネを使って、それを持っていると言い張る商人を見つけることに成功。お人好しなのか、確かめもせずにお金を大量に注ぎ込み、目当ての品をしっかりと手に持って、スキップでもしながら得意げに姫のところに走っていく。

以前贋作《がんさく》に騙されそうになった姫は早くも学習して、プレゼントが差し出されるや否や、すぐさま火をつける。案の定、贈られた布が目の前でメラメラと燃え始める……。昨今のネットショッピングは返品ができるが、『竹取物語』の世界では保険なんぞ存在しないので、求婚者の落胆も大きく、お金も名誉もあっという間にパーになる。

「さればこそ異物の皮なりけれ」と言ふ。大臣、これを見給ひて、顔は草の葉の色にて居給へり。かぐや姫は、「あなうれし」と喜びて居たり。かの詠み給ひける歌の返し、箱に入れて返す。
なごりなく燃ゆと知りせば皮衣おもひの外におきて見ましを
とぞありける。されば帰りいましにけり。

(イザベラ流 超訳)
「偽物だったわねぇ」と姫がいう。大臣は、盛大に燃える毛皮を見て、草の葉のように顔を青ざめて、ポカンと座っている。その一方姫は「嬉しい、わーい！」と大喜び。大臣が品を持ってきたときに差し出した歌への返歌を、毛皮が入っていた箱に入れてその残りかすと一緒に突っ返した。

そんな簡単に燃えるものだと知っていたら、火なんかに近づかせないで眺めていたのにぃ。残念！

という歌を詠んだ。大臣は、黙って帰った。

もはやコメディそのもの……。滑稽な場面とは言っても、燃え立つ炎を眺めながら大臣の失敗を笑っているかぐや姫はまるで悪女。顔こそ綺麗だが、情けゼロ。嬉しそうにはしゃぐ彼女の後ろに隠れて、作者よ、あなたがニヤッとしているのも、私にはわかる……。

続きまして大納言大伴御行は竜の首に光る玉を持ってくるように命じられる。こりゃもう命がけだ。姫の要求がどんどんエスカレートしている。

大納言は他の挑戦者と違って少しはまともで真剣にそのお題に取り組もうとするけれど、自ら船に乗っているときに嵐に遭い、死にかけた。何せ相手は竜だもの……。命は落とさなかったものの、神経や内臓をすっかりやられて、腹がパンパンに膨れ上がって、両目はすももを二つくっつけたように腫れあがっているという変わり果てた姿に。あれは女じゃない、悪魔だ!!　とかぐや姫を罵《ののし》り、もう二度と彼女が住むところに近づこうとしない。かわいさ余って憎さ百倍という言葉もあるように、愛情と憎しみは紙一重。そして華々しくフィナーレ。

中納言石上麻呂足には燕が持っている子安貝《こやすがい》を取ってくるようにという題が出される。他の品に比べるとちょっと地味に見えるが、思わぬ展開が待っている。

子安貝をかっぱらうために、中納言は燕の巣が多い場所を突き止めて、足場を作って家来をわんさか配置するが、吉報は届かない。そこに、どこからともなく現れた物知りのおじいさんからあれやこれやアドバイスをもらい、燕に人間の気配を感じさせないように、足場をやめて、家来を籠に乗せて吊り上げるという作戦に切り替える。それでも良い結果が出ないので、痺れを切らした中納言は自ら籠に乗ることを決意。

平安時代は身分の高い男性ほど裾の長いものを身に着けていたようだが、足に引っかかりそうな長い衣服を着て、頭に被《かぶ》り物でもして、籠に乗っている中納言とその周りにせわしなく動き回っている家来たちの様子を想像しただけで笑いがこみあげてくる。

中納言は燕が子を産み落とす瞬間を狙って子安貝を奪おうとし、急いで籠を引っ張ってもらうが、何かを摑んだ瞬間、綱が切れて墜落してしまう。気絶するが、やっと目が覚めたら……。

「ものは少しおぼゆれど、腰なむ動かれぬ。されど子安貝をふと握りもたれば、うれしくおぼゆるなり。まづ、脂燭さして来。この貝、顔見む」と御頭もたげて御手をひろげ給へるに、燕のまり置ける古糞を握り給へるなりけり。

(イザベラ流 超訳)

「意識は少しはっきりしてきたけど、腰が抜けて動けない。でもどうだっていいんだ！　子安貝をしっかり握っているんだもん！　嬉しくてたまらない!!　明かりを持ってこい、早くみたい！」と頭を上げて、手のひらをゆっくりと広げた。ところが、子安貝を握っていたんじゃなくて、なんと燕が垂らした古糞をぎゅっと握っていただけだった。

他の挑戦者と比べて最も身近にあり、最も地味な品を頼まれたにもかかわらず、かわいそうな中納言石上麻呂足は成功するどころか、転落し、大恥をかくことになっただけではなく、その後すっかり元気をなくし、なんと命まで落としてしまう。姫のせいでついに死者が出てしまった……。

このように、かぐや姫は近づく男性に難題を出して破滅に追い込んでしまう、極めて冷酷な女だ。だが、悪いのは姫だけではない。彼女の周りに群がる人たちは権力や財力こそはふんだんに持っているものの、嘘つきだったり、横着だったりして、ピュアな心を持っている人は誰一人いない。

『竹取物語』の前半では、非情な女の目を通して貴公子の欠点や汚点が一つひとつ暴露されていくわけだが、その人たちの敗北こそが地上の権威に反発しようとしていた作者が最も望んでいたことであろう。翻弄される男たちはロマンスの名目で姫の難題に挑むが、この物語には恋や愛なんてちっともない。あるのは欲望と傲慢さ、そしてウソだけだ。著者の鋭い目線によって人間の最も醜いところがすべて暴かれる。

怖いッ……暢気《のんき》な物語かと思っていたら、少し蓋を開けてみると、パンドラの箱と同じように予測不可能な内容が溢れ出る。痛い目に遭って、人生を狂わせる殿方、彼らが苦しむ姿をもう少しでも覗こうと、読んでいる私たちも吸い込まれ、姫、とその陰に隠れている作者と一緒になって、「ざまあみろ！」と叫びたくもなる。

……とかなり熱く力説してきたが、『竹取物語』は政治のライバルへの憎しみと社会風《ふう》刺《し》だけでは語り尽くせない。かぐや姫は間違いなく冷たい女だが、彼女の生まれ故郷である月と同じように、静かで美しい顔と、ちょっぴり怖い顔を両方持ち合わせている魅力的な人物である。そこで、少し方向を変えて、闇に包まれたもう一つの、姫のミステリアスな顔にも小さな光を当ててみたいと思う。

平安らしからぬ姫

月は、地球上に生命活動を営む人類にとって最も身近な天体だ。人々の夢を照らし続けるだけではなく、ときに人類の想像力を掻き立てる。実際、様々な作品の中で、たびたび登場する重要な要素として取り上げられてきた。

西洋では月の女神を指すLunaはLunatic（狂人）という単語の語源となり、月光を浴びすぎると情緒不安定になると言い伝えられていたそうだ。ルネサンス期のイタリア文学を代表する『狂えるオルランド』という作品では、地球上で紛失された物がすべて月に消えてしまうと書かれている。失恋ゆえに失われた騎士オルランドの理性も文字通り月に吹っ飛んでしまい、我を忘れて怒り狂う彼の姿にもはや以前の面影はない。その理性を取り戻すべく、友人のアストルフォが羽の生えた馬を駆って空へと昇っていくという様子が描かれているが、そのイメージは非常に示唆《しさ》的で、実に印象深いものである。

その一方、日本の神話にも月にまつわるエピソードがいくつかあり、その中では次のような陰気な話も挙げられる。太陽神アマテラスの弟ツクヨミ（月読命）は、ウケモチという名の神が口から飯を出しているのを見て、けがらわしいと思い、剣で殺してしまったという。それを知ったアマテラスが大変怒り、以来弟を闇の世界に追いやって、日と月は隔てて暮らすようになったと言われている。

西洋で狂気の象徴として扱われてきた月は、日本の神話においてもまた血にまみれた剣をふりかざす殺人者となる。静かに人間の夢を見守る月はひたすら破滅と死の匂いがする暗い顔の持ち主でもあるのだ。まさに、輝く美貌を持ちつつも、冷酷な悪女として振る舞うかぐや姫と同じだ。

『竹取物語』は現存するもっとも古い物語だといわれているが、その原本は存在していない。最古の写本は、断片的なものだと室町時代初期、完本は安土桃山時代のものとされている。また、文字に記された作品は『竹取物語』単体だけではなく、先ほど話に出た「天人女房」をはじめ、類似した説話が様々な古典の中で出てきている。写本より前のものとして残っているものには『今昔物語集』のバージョンがあるが、そこでは求婚者の数と持参する物が異なる。また、他の作品ではミカド以外の求婚者が綺麗さっぱり消されていて、後半の部分だけで構成されているものも存在する。口承《こうしょう》文学として長い間人の口から口へと伝えられ、広く伝播されていくうちに、ストーリーが脚色されてしまったと思っても不思議はない。しかし、その結果、矛盾だらけの適当な物語ができあがっているかと思いきや、細部まで考え抜かれた構成となっているので、複数人はいたであろう編集者たちの凄腕に思わず感動と衝撃を受ける。

見てきたように、ミカドの前座を務める5人の求婚者はそれぞれ難題を言い渡され、かぐや姫に特別な品を持参しなければならないが、その品の在《あ》り処《か》はインド、中国、日本というふうに遠いところから近いところへという順に並べられている。それぞれの求婚者の社会的地位も小さいものから大きいものへ、彼らの受ける罰も次第に大きくなるというふうに、いろいろな設定が細かく計算されている。作者の抜群なギャグセンスも思う存分発揮されている前半部分の完成度は非常に高く、続く後半の部分への期待値をさらにアップさせる。かぐや姫のキャラクターも、昔の物語によく出てくる特徴なさげな美人からちょっとずつ輪郭がはっきりとしてきて、しっかりとしたパーソナリティーのある女性として描かれていく。

さて、いよいよラスボスこと、ミカドの登場だ。

偉い政治家でもある他の求婚者に関して手加減を一切しなかった怖いもの知らずの作者だが、さすがにミカドとなると滑稽な姿にするわけにはまいりませぬ。しかし、5人の求婚者とそれほど描き方が異なるわけでもなく、かぐや姫の反応も以前に比べて少し優しめだが、たとえ日本トップでもその立場に屈する素振りはない。

さて、かぐや姫、かたちの世に似ずめでたきことを、帝聞こしめして、内侍中臣房子にのたまふ、「多くの人の身を徒らになしてあはざなるかぐや姫は、いかばかりの女ぞと、まかりて見て参れ」とのたまふ。房子、承りてまかれり。

（イザベラ流 超訳）

かぐや姫の美貌の噂はついに帝の耳にまで届き、「男を次から次へとダメにして、結婚する気がないかぐや姫という女はものすごく気になるな。見に行ってきてよ」と帝は宮廷スタッフの中で高い役職を務めている人に命じた。その人はすぐさま準備に取り掛かった。

他の男ども同様、噂だけで既に興味津々、情熱が燃え上がるミカド。しかし、まさか障子の隙間から女性を覗きに行くわけにもいかないので、内侍司《ないしのつかさ》という役所の高級女官に命じて様子を見に行ってもらうことに。数々の男性を貶めて笑い物にしてきたファムファタール、謎に包まれた絶世の美女を自分のものにするチャンスがすぐそこに……とうっとりして夢見るミカド。ところが、物事はそう簡単にはいかない。

女官が竹取の爺さんの家に着き、早速かぐや姫との面談を申し込む。爺さんは通そうとするが、相手がたとえ誰であろうと色事に興味のないかぐや姫は案の定全否定。

かぐや姫に、「はや、かの御使ひに対面し給へ」と言へば、かぐや姫、「よきかたちにもあらず、いかでか見ゆべき」と言へば、「うたてものたまふかな。帝の御使ひをばいかでかおろかにせむ」と言へば、かぐや姫答ふるやう、「帝の召してのたまはむこと、かしこしとも思はず」と言ひて、更に見ゆべくもあらず。

(イザベラ流 超訳)

「帝の使者に会わなくちゃ、早く準備しなさい」とかぐや姫に言ったら、彼女は「私は別にそこまで美人でもないし、なんでその人に顔を見せなきゃいけないわけ?」とそっけない返事をする。婆さんは「困ったことをいうね……さすがに帝の使者に対してそんなことを言えないわよ」というと、今度は「帝にナンパされたって別に大したことだと全然思わないし」とさらに強気に出て、使者に会おうとしない。

ただただスゴイ! ミカドが相手だったら断れないだろうという予想に反して、かぐや姫は自分の信念を貫き、一向に興味を示さない。やや鼻もちのならない高級女官が、一般人には断わる権利がないとまで言い出すので、「はや殺し給ひてよかし(じゃあ殺せば?)」と逆に居直る芯の強さ。その凛とした姿が目に浮かぶ。

手に入らないものが欲しくなるという心理が働き、ミカドはもちろん引き下がらない。竹取の爺さんを呼び出して、娘を差し出したら五位の位をあげると約束する。昔は女性の意思はそれほど重視されていなかったにせよ、まるで人身売買だ。竹取の爺さんは権力に目が眩《くら》み、早速説得に取り掛かるが、娘は微動だにせず、宮仕えさせられたら自殺すると爺さんを脅す。ということで作戦その二も大失敗に終わる。

もう我慢しきれず、ミカドは自らかぐや姫を襲うという計画を思いつく。政府首脳は朝晩どうやって女性を落とすかということしか念頭にないご様子で、一所懸命策略を練る時間があるなんて、よっぽど平和な時代だったことであろう。

爺さんの協力を得て、ミカドは狩りに出かけるふりをして、かぐや姫の部屋に上がり込むという大胆で強引な計画を実行する。部屋に入った瞬間、かぐや姫は顔を隠そうとするが、彼はその輝かしい美しさをしっかりと見てしまう。宮廷に連行するつもりだったが、まさかのハプニング。

「許さじとす」とて、率ておはしまさむとするに、かぐや姫答へて奏す、「おのが身は、この国に生まれて侍らばこそ使ひ給はめ。いと率ておはしまし難くや侍らむ」と奏す。

帝、「などかさあらむ。なほ率ておはしまさむ」とて、御輿を寄せ給ふに、このかぐや姫、きと影になりぬ。

(イザベラ流 超訳)

「もう放したりしないぞ」と帝が声をあげて言い、連れ出そうとする。それに対してかぐや姫は「私がこの国の人だったらきっと帝の思い通りになっていたでしょうけれど、残念ながら違うので、連れ出すのは無理だと思いますけど」とあっさり答える。

「何を言っているの！　どんなことがあっても連れ出してみせるぞ」と意気込んで輿を呼び寄せると、かぐや姫が突然ぱっと消えた。

古代貴族にとって「見る」というのは「異性と関係を持つ」という意を示すことが広く知られている。深い関係になるまで、男女はお互いの顔が見られなかったことを物語る表現だが、その文脈を考慮すると、ミカドの行動はいかに強引かがわかる。お断りしているかぐや姫の意思を完全に無視して襲っているわけで、決して褒められたことではない。さすがに用心深いかぐや姫でも姿を見られてしまうが、自分を守るために、素早く的確な判断を行い、この世のものではない何かに変身する。その頭の回転の速さといったら素晴らしい!!

『源氏物語』をはじめ、男どもが勝手に部屋に上がり込んだが最後、不本意ながらも関係を強いられた女性が描かれていることはしょっちゅうあっても、平安時代の想像力の世界の中で、このようなずば抜けたサバイバル能力を持っている人物はなかなかいない。よくやったとエールを送りたくなる瞬間だ。

見事に危険から自分の身を守ることに成功したかぐや姫は元の姿に戻る。これ以上怒らせないほうが無難という判断のもとなのかもしれないが、ミカドと文通を始めて、安全な距離を保ちつつ何事もなかったかのように自分の生活を続ける。

かぐや姫の犯した罪とは？

物語を通して、姫は男たちに試練を与える側という設定になっているが、裏返すと彼女自身が最初から試されているという見方もできる。嘘を見抜けるかどうか、うまく決断ができるかどうか、自分の考えを行動に移せるかどうか……いろいろな危険を乗り越えて、危うく騙されそうな瞬間は何度かあるが、かぐや姫はようやく理想の女に成長する。そして、この世で得られる知識をすべて学び、立派なレディになったからこそ、本来属する世界に戻ることを許される。

かやうにて、御心を互ひに慰め給ふほどに、三年ばかりありて、春の初めより、かぐや姫、月の面白う出でたるを見て、常よりももの思ひたるさまなり。ある人の、「月の顔見るは、忌むこと」と制しけれども、ともすれば、人間にも月を見ては、いみじく泣き給ふ。

(イザベラ流 超訳)

帝とかぐや姫が文通を始めてから3年の月日が流れた頃だった。その年の春のはじめから、美しい月が出ているのを見ては、普段より落ち込むようになった。
「月を見るのは良くないですよ」と言われても、人の目を盗んで月を眺めて物思いに沈み、よく涙を流した。

月の出番だ。かぐや姫のお迎えが来る日が近づいている。それを心待ちにしていたはずだが、一瞬権力に屈した前科を持ちつつも、自分を大事に育ててくれた竹取の爺さん、ちょっと頼りないが愛情を注いでくれた婆さん、最初はウザかったが今はしかるべき距離を保っているミカド……自分を大切に思ってくれている人たちと会えなくなる寂しさが次第に込み上げてくる……旅立ちの前に様々な感情が渦巻き、これまで姫が一切見せていなかった人間らしい、優しい部分を垣間見ることができる。

とはいっても、時間は着々と進み、8月15日という期限まであとちょっとしかない。竹取の爺さんにその真実を打ち明けると、かなり取り乱し、ミカドと組んで何としてもかぐや姫を月の都の人たちから守ろうと一心不乱。

翁の言ふやう、「御迎へに来む人をば、長き爪して眼をつかみつぶさむ。さが髪を取りてかなぐり落とさむ。さが尻をかき出でて、ここらの朝廷人に見せて、恥を見せむ」と腹立ち居る。

(イザベラ流 超訳)

爺さんが「迎えに来る連中は、長い爪で目玉をくりぬいてつぶしてやる。この手で髪を摑んで、空から引きずり落としてやる。そいつの尻をまくりだして、大勢来ている朝廷の兵士たちに見せて大恥をかかせてやろうじゃないか！」と怒り狂いながら言った。

ところが、何百人の兵士で臨んでも、天人に勝てる者はいない。雲に乗ってお迎えが来たときに、屋敷の周りに待ち構えた人たちはロボットのように操られ、戦うどころか、立つことすらできず、千鳥足で動く兵士たちの滑稽な姿は人間の無力さを物語っている。

愛する人々との感動の別れがあり、爺さんと婆さんには置手紙、ミカドには手紙と不死の薬の入った壺を渡し、かぐや姫は天の羽衣《はごろも》を着て、この世から去っていく。月を見上げて私を思い出してほしいという言葉を残して、姫は月の都へ戻るが、彼女自身は羽衣を身に着けた瞬間に地球上で過ごした時間の記憶はすべてなくしてしまう。

迎えに来た天人の話によると、かぐや姫がこの世に送られたのは罪を償うためなのだという。しかし、肝心な罪については一切書かれておらずその深い謎の解明に挑戦して取り組んできた学者の数だけ説が生まれているものの、確かなことは誰もわからない。

『日本書紀』や『古事記』に出てくるコノハナサクヤヒメという女神を引っ張ってきたり、実在した富豪の娘の記録を発掘したり、姫のモデルとして起用されてきたヒロインたちは数多く存在しているが、彼女らはみんな恋の痛手を受けているという共通点がある。古い伝説の中でかぐや姫の面影を探ろうとすると、情熱に身を焦がした女子たちの姿が次々と浮上するのだ。こうした中、彼女の秘密の罪も、恋愛がらみの粗相《そそう》なんじゃないかと思えてきても不思議ではない。

昔の日本では色気全開の風潮があって、色事に関して極めておおらかな雰囲気だったので、果たしてちょっとした軽はずみごときで罪に問われることがあったのか少し疑問だが、『源氏物語』や『伊勢物語』にも禁じられた恋をしてしまった主人公がしばらく都から離れるという有名なエピソードがある。

他の古典作品でも同じようなストーリーが好んで使用されていることが多く、いわゆる「貴種流離《きしゅりゅうり》」という確立されたジャンルがあるほどだ。源氏君も在原業平も行った先々で女に手を出して盛大に楽しんでいる模様だし、全然罰になっていないのではと思わざるを得ないけれど、一応罪を償っているということになっているらしい。そのような物語の系譜が古くから存在していることもあり、かぐや姫の罪も恋愛に関するものだったと考えても理にかなっているだろう。

その文脈を踏まえると、恋をしてしまった姫はなんらかの罪を犯して、罰として地球に送られ、地球上にいる間に罪を償いながら成長していくという図式が読み取れる。そして5人の求婚者の経験とミカドとのやり取りで何を学んだかというと……男は嘘つきであるという教訓だ。器が小さい男ほど嘘が大きく、強引な側面があるから自分の身を自分で守るのだ、としっかり頭に叩き込み、かぐや姫は簡単に騙されるような女から卒業する。

しかし、よく考えると、月の都に戻るときに彼女はすべての記憶を失い、人間として学んだ大事なことも全部頭の中から吹っ飛んでしまうわけである。そのうえ、月の都の人たちは年を取らないとのことなので、彼女にとって地球上で過ごした時間はまるでなかったことになり、まったく罰にならないんじゃないかという矛盾に気付く。ではこの成長物語のような、貴種流離物語のような、童話のような、心理小説のような、読者を魅了して光り輝き続ける謎だらけの物語の根底には何があるのだろうか……。

かぐや姫はもう一度月の都に帰還して普通の女に戻るので、また恋という罪を犯すだろうと私は思う。せっかく嘘を見抜く能力を身につけたのに、それを忘却して再び甘い言葉に耳を傾けることもあるだろう。痛めつけた男たちと同じように、あるいはそれ以上に取り乱し、枕を抱きしめながら涙を流すこともあるだろう……。愛を遠ざけて人間としての短い人生を歩んだ姫は、恋に目覚める可能性を秘めて新たな運命を切り開いていく。確かに、恋する者は懲《こ》りない。

翳り一つない晴れた空を仰ぐと、今夜も静かに光り輝く月がぽっかりと浮かんでいる。社会の理不尽に恋の不条理、人間は本当にいろいろ大変だ。見知らぬ作者もきっと涙しながら星空を見上げて、自らの悶々とした気持ちを『竹取物語』というステキな文章に書き込めて、後世に預けたのではないだろうか……。

姫の消息についてあれこれと妄想しながら、物語の世界に呑み込まれすぎて、ふと自分の理性も一瞬吹っ飛んでしまっていたことに気付く。いつも別世界に連れていってくれる素晴らしい作品を書いてくれた作者には感謝の言葉しかない。

イタリアの超奥手こじらせ男子

ダンテ『新生』vs平安女子

全イタリア人のトラウマといえば

この門をくぐる者は一切の希望を捨てよ……。

それは地獄に足を踏み入れようとするダンテの目に焼き付いた銘文であり、高校生の私が校舎に入るとき毎日目にしていた文字でもある。はるか昔に、誰かがその有名な一説をエントランスドアの上に赤いスプレーで落書きしたのであった。

歴代にわたる校長先生の皆様がそのインテリな不良少年の仕業を気に入っていたのか、それとも予算を捻出《ねんしゅつ》できなかったのか、殴り書きされた文字は一向に消される気配がなく、色はかなり褪せてきているものの、今でも登校する学生を堂々と迎えている。

大袈裟《おおげさ》だと思うかもしれないが、ダンテの文学に苦しめられたことのない人には、その言葉が表している深い絶望感は絶対にわからない。廃れた言語で綴られているので、理解しづらいというのは無理のないことだが、ダンテ大先生の場合は次元が違う。ムズイ、あまりにムズイ……。

哲学の話から宗教の話題に飛び、やっと慣れたと思ったら、今度は当時の政治について熱く語り出す。政治といっても誰でも知ってそうな、メジャーな出来事ではなく、近所で起こった小さな事件に言及したりする。それはまるでマンションの住民同士の些細なトラブルの話をいきなり持ち出すようなレベルである。知り合いや好きな女の子を作中に登場させたり、嫌いな奴らの悪口を平気で流したり、高尚な内容からくだらないネタまでどんなことでも韻を踏んですらすらと書いちゃう凄腕。だからこそ、相当な知識がないとまったくついていけない。

高校生の手に余るというのはもちろんだが、同時代の読者もその難解さに気をもんでいたようだ。作者がまだご健在だったころから『猿でもわかるダンテ』というような注釈本が大量に出回り始め、多岐にわたる分野の専門家がこぞって知識を競い合っていた。お互いに訂正し合ったり、議論をしたり、相手が望んでいないのに得意げな顔をして蘊蓄《うんちく》を語ったり、『神曲《しんきょく》』の解釈に挑戦した学者たちは中世版ウィキペディアとでもいうべきノーレッジベースを作り上げているが、こうした多大な努力にもかかわらず謎めいたくだりはまだまだ残っている。

そして、イタリアに生まれてしまった学生はそれを読まされるのだ。3年かけて、全文を……。小・中学生に押し付けるのはやはり酷すぎるので、その頃はまだダンテとの接触はさわりの部分にとどまっているが、高校に上がったらこれを全部読まないといけないのかよ……と小耳に挟んだ噂を思い浮かべ、低学年の頃から不安と恐怖に苛《さいな》まれる。

しかし、トラウマになる生徒が多い中、ごくまれに軽い中毒症状を引き起こす若者もいる。ダンテヘイトの雰囲気に囲まれているのでカミングアウトは非常に難しいが、これ……なんか……カッコイイ……とふと思ってしまう不思議な現象が起こる。いうまでもなく、私はその一人である。

数年後、日本の古典文学にハマっちゃうくらい悪化してしまい、今や完全な物語中毒者になっているが、思い返せば、あの赤いいたずら書きの文字が目にとまったときから自らの運命がもう既に決まっていたような気がする。地獄、煉獄《れんごく》、天国を旅する『神曲』を完読した後、さらなる刺激を求めて、詩文集『新生《しんせい》』という大先生のもう一つの代表作に手を伸ばしたのであった。

妄想プレイの副産物『新生』

時は13世紀頃。花の都フィレンツェを舞台に、9歳のダンテ先生は生涯最大のアモーレとなる美少女ベアトリーチェとの運命的な出会いを果たす。一目惚れして以来、ダンテ青年は絶えず彼女を愛し、憧れ続ける。ベアトリーチェは見え隠れするミューズとしてダンテのほとんどの作品に登場するが、彼は違う女性とお見合い結婚し、子供を三人ももうけているそうだ。妄想とはいえ、本妻はよくそんなことを許したと思わずにはいられない。

『新生』という作品はその想いの盛り上がりと悲しい結末を追っているが、これはハッキリ言って、作者の頭の中にしか存在しない相思相愛の物語である。二人は数回教会ですれ違っただけで友達ですらなく、進展など一切ないまま終わってしまうのだ。

日本の古典文学に描かれている社会では、男女は隔てられて生活していたため、噂や遠くから聞こえてくる琴の音だけに男が燃え、恋心を育み、思う存分文通と覗きを楽しんでいた。その一方、中世のイタリアでは相手の顔をばっちり見ることができた反面、直接連絡を取ることは至難の業だった。

それゆえ、古い日本語の「見る」という表現に該当する古いイタリア語は、「知る」というニュアンスを帯びた語彙になっている。直接話ができてもただでさえ想いが通じないことが多いのに、どちらにせよ愛を成就させるには、いばらの道を進むしかなかった。

こうした環境のせいか、ダンテの妄想は常軌《じょうき》を逸《いっ》していることもしばしば……。その実に不可解な行動パターンは次のようなエピソードからもうかがえる。

〈イザベラ流 超訳〉

ある日、最愛なるベアトリーチェが教会にいるのを発見して、その輝かしい美しさに目を奪われて、うっとりしていたところ、ちょうど僕と彼女の間に、身分もそれなりに高く、見た目も悪くない女性がいた。その女性は自分が見つめられていると勘違いして、恥じらいながらもまんざらでもない感じでちらちらとこっちに目線を送り始めた。そのあと、「ダンテはあの女にやられたね！」とみんなが噂しているのを聞いて、誰もが僕の目当てはその女だと思い込んでいると知り、安心した。これで僕の秘密が暴かれる恐れもなく、実に好都合だ！　真実を察知されないように、その女性の名前は伏せておきましょう――。気があるような思わせぶりな態度をとり、間もなく噂が広まった。この茶番は何か月、いや、何年も続き、何度かその女性に詩を送ったりもしていたが、敬愛なるベアトリーチェとは関係ないので紹介するのはよそう。

引用文に書かれているのは、ずば抜けた知的能力と独創性を持つ人の発言とは思えぬ、まるで低学年男子の思考回路に匹敵するものである。中世のフィレンツェはかなりお堅い雰囲気であったとはいえ、わざわざ別の女に夢を見させる必要もないだろう。しかし、ミサそっちのけで、アイコンタクトを楽しむ中世フィレンツェの若者たち、なかなか積極的だ。外出の機会がまれだったからこそ、日曜日のミサはファッションショーのように、見たい人と見られたい人には絶好の場だった。

ダンテの妄想プレイの犠牲者となった女性とのやり取りはしばらく続くが、そのうち本命に告白するだろうと思いきや、一目惚れから関係を深めるためのアクションは一切起こさない。ベアトリーチェへの熱烈な想いがぎっしり詰まった詩を書き続けるものの、彼女には一向に送ろうともしない。そんなこととは露知《つゆし》らぬベアトリーチェは、結婚適齢期にさしかかって家族のプレッシャーもあったことだろうし、もっとわかりやすい男性とさっさとゴールインしてしまう。その後どのような生活を送ったかは誰もわからないが、遠くから追いかけ続けたダンテ曰《いわ》く、彼女は結婚して間もなく突然この世を去った。人生は儚いものだ。

しかし、ロマンチックな悲愛を想像していると、『新生』から垣間見える妄想ヲタクのストーカーぶりにドン引きすることになる。散文に挟まれている詩は特に凄まじく、文字通りに捉えてしまうと気持ち悪さがピークに達する。その中でも、必ず教科書に載っている次の作品はアブナイ気質の匂いがぷんぷんとする。

(イザベラ流 超訳)

我が淑女《しゅくじょ》が他の人に挨拶するときは
優雅さと誠実さに満ち溢れて見える
舌は震え話すことは到底できず
眼は彼女を見つめるにあたわず〔……〕

名高い文学者なだけあって、ダンテを描いたポートレートはたくさんある。ジョット・ディ・ボンドーネやサンドロ・ボッティチェリから現代のアートシーンを盛り上げたサルバドール・ダリに至るまで、ダンテとその作品は数々の有名な画家をインスパイアしてきた。それぞれのスタイルは違うものの、身体は赤いローブに包まれて、頭には月桂冠、表情は険しく、手には本を持っていることが一般的で、特徴的な鼻背カーブも欠かせない要素の一つとなっている。その大きな鼻がコンプレックスだったとも囁かれているが、実際どうだったかはさておき、とにかく画家たちの想像の中のダンテは決してイケメンではない。悪意はなかっただろうけれど、そんな怪しげな人が、震えながら物陰から綺麗な女性を見つめているという映像を思い浮かべただけでぞっとする。しかし、その度が過ぎる純情さは恐ろしくもあるが、言葉の巧妙さと歯切れの良さに魅了され、似たような人が近づいてこないようにと願いつつも一読者として陰で応援したくなっちゃう。これぞ、コトバの魔王である。

妄想に終わってしまった大恋愛の副産物としてイタリアが世界に誇る素晴らしい文学作品が残ったわけだが、ダンテはなぜその恋を生きることを選ばなかったのだろうか。学生時代から疑問に思っており、今でももやもやしてしまう。

ベアトリーチェの素性を徹底的に検証する研究が数多く存在し、定説もあるが、ダンテは女性のことになるとごまかす前科を持っていることも相まって、信じ切ることが難しい。「ベアトリーチェ」という名前の語源は「救いを差し伸べる人」、または「愛を授ける人」というような意味合いなので、ニックネームとしてでっちあげた可能性も十分にありうる。

ダンテのキモヲタ妄想癖は、『新生』のみならずすべての作品において十分に味わうことができるが、謎のベールに包まれた美女に関して確かな情報が一切得られないのは本当に残念でならない。後世にイタリア語の生みの親とまで呼ばれる大先生の想いにうすうす感づいていたのか、ダンテなんぞ眼中になく、ひそかにハンサムな貴公子に想いをよせて、ちらちらと目線を送っていたのか……。

しかし、たとえベアトリーチェが苦悩に満ち溢れたダンテの詩を読むことができたとしても、きっと理解できなかっただろう。ラテン語がちりばめられていて、古代ギリシアの神話をベースにした比喩、カトリック教の哲学や美学観念についての引用や言及もちらほらで、当時の女性が受けていた教育を考えるとチンプンカンプンだったに違いない。というよりむしろ、相当な知識人でもお手上げの謎解きの連続になっている文面なので、ダンテはそもそも彼女に気持ちを伝えようなんぞ毛頭考えていない。自ら作り上げた完璧な女性像を壊したくなかったからこそ、彼は生身の女より文学を選んだのかもしれない。それなら悔しすぎる。

恋文のプロは日本にいた

特別にお作法を教わっているわけではないが、気付いたら恋心が勝手に湧いてくる。この地球上に人間が残した足跡を追って歴史をひもといてみると、どの時代においても何かしらの愛の形がくっきりと見えてくる。しかし、本質的なところが変わらなくても、愛情を示す行動とそれにまつわる表現は時と場所によって大きく変化し、いろいろな軌跡を辿って形成されている。その曲がりくねった道のりをしっかりと記録しているからこそ、それぞれの文化が生み出した独自の愛のルーツを知るには、古典文学を読むのがベストというわけだ。

ダンテに限らず、中世のイタリア男子は目当ての女を天国の創造物と比較する傾向がある。遠くから見つめる女性に限った話だが、みんな天使に見えるらしい。それを信じるあまり、女なるものが目の前にいたらとりあえず褒めちぎれば良いと思ってしまう節があって、小・中・高のダンテ漬け教育の副作用なのか、我が祖国ではその習慣だけは今なお健在である。その結果、イタリアの男性が捲《まく》し立てている愛の言葉の半分くらいは社交辞令に過ぎず、ほとんどの場合は反射的に口からとっさに出てくるでまかせだと考えても差し支えない。一生をかけてその信憑性を確かめるのはイタリア女に下された厳しい宿命。

やむを得ず見られる側に徹していたので、昔の彼女たちの言説は世に出ることなく忘却された、たくさんのドロドロとした物語が闇に葬られてしまったのだが、その一方日本社会は真逆の恋愛市場モデルになっていた。イタリアの男性優位なモノローグに対して、日本は会話式の恋愛、しかも女性のほうが上手だったことが多い。

平安時代の恋愛は政治と権力が絡んでいたので、みんな真剣。競争も激しく、壮絶な奪い合いが繰り返し展開されていたのだが、そこで勝つには厳しい教育によってピカピカに磨かれたセンスが必須だった。平安のレディィスは10代から積極的に恋愛市場に参加していたのだが、必要な準備は既に済ませていた。メジャーな歌集の作品を全部丸暗記していた。それにポピュラーな物語、日本文学の下敷きになっている中国文化の基礎知識もお手のもの、琴も自由自在に操り、絵画にも精通していた。今だったら何年もかけて博士号取得を目指している人でも足元に及ばない。

筆を握る機会に恵まれなかったベアトリーチェもその中の一人になれたのであれば、どのような物語が生まれていたのだろうか。ダンテ君と同等の能力、またはそれを上回るユーモアのセンスを持ち合わせていたのであれば、どんな洒落た返事を差し出したのだろう……。そこでいろいろ思い巡らして、世界の恋愛史に残したい、時空を超えた男女の「名やり取り」がふと目の前に浮かんできた。物語依存症が重症過ぎて、ついに幻覚も見えるようになったわけである……。

自らの妄想に生きたダンテ先生も相手がそのような秀才揃いだったら遠くから見つめる

だけでは満足しきれなかっただろう。彼に聞かせてあげたかった恋愛会話編を厳選してお届けしたい。

その一・恋愛プロならではの話術

（宮）おほかたにさみだるるとや思ふらん君恋ひわたる今日のながめを

とあれば、折を過ぐし給はぬををかしと思ふ。あはれなる折しも、と思ひて、

（女）しのぶらんものとも知らでおのがただ身を知る雨と思ひけるかな

と書きて、〔……〕

（イザベラ流 超訳）

「こんな雨の日に、どうしているのかな……ただの雨だと思っているかもしれないが、貴女に会えない俺の涙だからね」

とあった。すかさず私の気持ちを察知して、お気遣いをしてくれるのだ。なんて素敵！ ちょうど落ち込んでいるときにお便りが来たので、嬉しくって

「あら、ちっとも知らなかったわ。愛されていない自分の情けなさを知らせる雨だとばかり思っていたのにぃ……」

と書いて、〔……〕

こちらは駆け引きの女王、和泉式部と敦道親王との贈答歌。今でさえ雨の日に外出するのは億劫《おっくう》だが、平安時代は本当に大変だった。道がきちんと舗装されていたわけではないし、牛車もびしょびしょになるし、物騒な世の中だけに途中で何が起こるかわからない。降り続けている雨を眺めて、一人ぼっちで訪れを待っている女性はきっと心細いであろうと思った敦道親王は便りを送る。気が利く男性はいつの時代だってモテるんだと納得。

しかし、恋愛マスターの和泉式部は舞い上がることなく、冷静にねじりを入れて返している。そのカギとなるのは「身を知る雨」というところだ。この表現は、在原業平がある女性のために代作した歌に由来している。雨が降っているから会いに行こうかどうしようか迷っているという恋人の歌に対して、在原業平は「かずかずに思ひ思はず問ひがたみ身を知る雨はふりぞまされる（あなたの愛はその程度だね、わが身の程を知る雨がどんどん降ってくるわ!）」という返しを書いた。以来、「身を知る雨」は相手の真剣度を測るバロメーターとなった。嵐の中でも飛んでくる真面目な紳士なのか、それとも霧雨ごときですっぽかしてくる遊び人なのか、あなたはどっち？　というような具合である。

お利口さんの敦道親王はもちろんそのエピソードを知っているはずなので、このやり取りでは男はストレートに口説き、女ははぐらかすという見事な駆け引きが演出されている。そして、表面的に冷たくしているように見せているものの、雨の中だろうが、どんな状況だろうがいつでも会いに来てほしい、という強い意思表示が込められていることも見逃してはならぬ。この返しを読んだ敦道はすぐさまキュンキュンしながら牛車に乗り込んだだろう。

駆け引きとは相手を自分の思い通りにするためのテクニックだが、女性誌が生まれるはるか前に、和泉式部は既にその法則を完璧に摑んでいたようだ。手に入りそうで入らない距離を常に保ちながら、知的で強いキャラともろくて頼りなさそうなキャラをうまい具合に使い分けて、男性を手のひらで転がす方法を知り尽くしている。見よ、これが魔性の女、その勝負強さに少しでもあやかりたいものだ。

その二・嫉妬に狂った女の恨み節

また、二日ばかりありて、（兼家）「心の怠りはあれど、いとこと繁きころにてなむ。夜さりものせむにいかならむ、恐ろしさに」などあり。（道綱母）「ここち悪しきほどにて、え聞こえず」とものして思ひ絶えぬるに、つれなく見えたり。「あさまし」と思ふに、うらもなくたはぶるれば、いとねたさに、ここらの月ごろ念じつることを言ふに、「いかなるもの」と絶えていらへもなくて、寝たるさましたり。聞き聞きて寝たるが、うち驚くさまにて、（兼家）「いづら、はや寝たまへる」と言ひ笑ひて、人悪げなるまでもあれど、石木のごとして明かしつれば、つとめて、ものも言はで帰りぬ。

(イザベラ流 超訳)

また二日経って、「会ってないのは確かに俺のせいだけど、仕事が忙しくてね。今夜行こうと思うけど、どうかな？　おそるおそる」という手紙が来た。「気分がすぐれずお答えできません」と返事して諦めていたのに、平気な顔をして現れた。こっちが呆れているのにけろっとしていちゃついてくるので、憎たらしく、ここのところ我慢に我慢を重ねてきた恨みをぶちまけてみたが、返事は一切なく、寝たふりをする。私が黙ると、今ふと目が覚めたかのように「もうお休みかね」と言って笑い、みっともないくらいいちゃついてくるけど、その手に乗るまいと思って、身体を固くして一晩を過ごした。朝早くあの人は一言も言わず出ていってしまったわ。

こちらは『蜻蛉日記』からの抜粋だが、作者は藤原道綱母という貴婦人。その捻《ひね》くれた性格とウザさ全開の口調がトレードマークになっており、知っている人であれば数行読んだだけですぐピンとくるはず。何百ページもこの調子で続くので、読み進めるにつれて頭が次第にくらくらしてくるが、ダンテの韻文による妄想と同じくらい中毒性が高い。

幸せに満ちた新婚生活の日々があっという間に終わり、初々しい気持ちを取り戻すのはもはや不可能。新しい浮気相手ができて、自分に対してそれほど興味を示さない夫の兼家に向かって恨みつらみを直接ぶちまけて、がみがみねちねち。洗練された言葉の糸を念入りに張り巡らせて、蜘蛛《くも》のように男を落とし込む和泉式部とは正反対の性格がそこに表れる。愛の苦しみはその沈黙と饒舌《じょうぜつ》の間に潜む。

素直に兼家の限られた愛情を受け入れることも、彼を完全にシャットアウトすることもできなかった、21年間の悶々とした日々がリアルすぎて怖い。妻の言葉の洪水に寝たふりをする夫、穏便に済ませようとする夫の愛撫に身体を固くする妻、文学作品とはいえ、そこには抜群の現実味が感じられる。だからこそ、作者の怒りと悲しさ、無力さとやるせなさが胸に刺さる。

その三・潔くチャラく

むかし、男ありけり。あはじとも言はざりける女の、さすがなりけるがもとに、言ひやりける、

秋の野に笹分けし朝の袖よりもあはで寝る夜ぞひちまさりける

色好みなる女、返し、

みるめなきわが身を浦と知らねばや離れなで海人の足たゆく来る

（イザベラ流 超訳）

昔、男がいた。会わないとはっきり言わずじらしている魅力的な女がいて、その彼女に対して男が次の歌を詠んだ。

「朝の野に笹を分けて朝帰りするときの袖よりも、貴女に会えなかった夜の方が涙でびっっしょりだよ」

色好みの女の返事は

「いくら言い寄られても会うつもりはないって何回言えばわかるの？　海藻が生えない浦だと気付かず、通い続ける海人と同じ、足がだるくなるだけよ」

こちらは『伊勢物語』の一節だが、この二首の歌は『古今和歌集』にも掲載されており、それぞれ在原業平と小野小町の歌とされている。つまり平安京の最も有名なプレイボーイが当時ファムファタールとして名を馳せた小町を口説いてふられたという流れになっているわけである。

「色好み」というのは、情事を好むという意味で使われているが、『伊勢物語』においては在原業平の特徴として挙げられていることがほとんど。しかし、このエピソードでは逆で、つまり女性のほうが恋の上手であることを示している。作中では恋してなんぼの世界が演出されているので、じらしたあげくに相手を容赦なくからかうというのは、この上ない勝利の証。

男の歌には、朝帰りの様子が描写されている。周知の通り、平安の恋愛スタイルは密会を基本としている。男性が女性の家に忍び込み、周りに気付かれないように朝方にこっそりと帰るというのが流儀。それは自然が目覚める時間帯でもあり、いろいろな植物の葉っぱの上に露が降りる頃だ。庭を通って家路につく殿方の着物の裾や袖に露がついてしまうことから、そのイメージは離れ離れになる恋人たちと連想されることが多く、自然の涙は別れを惜しむ人間の涙の比喩としてたびたび文学に登場するモチーフになった。

しかし、それは愛の歌の定番中の定番。在原業平ならもう少しオリジナリティに富んだ口説き文句を使ってほしかったところだ。


ダンテの『新生』は現実逃避と純白な気持ちによって特徴づけられているが、対して平安京のレディスが綴る様々な情事はドロドロしていてとにかくリアル。そして、陰と陽の狭間に身に覚えのある感情が紛れ込み、記憶の奥底にしまっていたはずのものが次々と思い出され、流れ出る。

恋なんて苦しくて卒業したいと常に思っているが、ありのままの気持ちを語っている女たちの姿は素敵で、つらいときもあれど、どことなく楽しそうにしている。好奇心旺盛な若きダンテが彼女たちと出会って、知的な会話を交わすことができたらさぞ楽しかったことだろう。

もしベアトリーチェが平安女子だったら

舞台をフィレンツェのミサに戻してみよう。女友達に囲まれたベアトリーチェがゆっくりと歩き、ダンテの横を通り、一瞬だけ足を止める。小さく折ってある薄赤の紙をさりげなくダンテのローブのポケットに忍ばせて何事もなかったかのように友達と笑いながら去っていく。驚きを隠すのがやっとのダンテ青年はスキップしながら家に駆け込み、宝物を触るかのようにゆっくりとその紙切れを解く。

つれづれと空ぞ見らるる思ふ人天降りこんものならなくに

(イザベラ流 超訳)
ついぼんやりと空を見上げてしまうけど、好きな人が天から降りてはこないものなのにねダンテは自分の目を疑いながら、その小さな紙に綺麗な字で書かれている言葉を何度も読み返す。

これはつまり、あの天使のような、美しくて、優しくて、完璧なベアトリーチェが……僕のことを想ってくださっているという意味なのだろうか……それとも神様に祈りを捧げてもその恋が成就しないということを言いたいのだろうか……つれづれと空ぞ見らるるって主語は……僕？　ベアトリーチェ？　どっち！　はっきりしてくれ……とぶつぶつ言いながら、ダンテ青年は一睡もすることなく一夜を明かす。

そういうやり取りが実際にあったら、彼が恋焦がれて『神曲』を書く暇はなかったのかもしれない。人生は言ったもん勝ちだ。何があるかわからないが、とりあえず言わなきゃ損だ。

残念ながらベアトリーチェの本物の言葉を聞くことはできないが、和泉式部たちの物語に潜む恋人たちの息遣いは今もなお聞こえてくる。古典は使い古した教科書にしか存在しない死んだ言葉だと思われることが多いが、その古びた単語は一瞬にして蘇り、詠まれたときと同じ、否、それ以上の生命力を持って輝き続けている。現代の日本人はみんなその華やかな世界を簡単に覗けるというのだからなんて贅沢だろう。リビングの本棚で埃《ほこり》をかぶって眠っているその数々の作品をぜひ一度開いてほしい。

和泉式部、紫式部、藤原道綱母、小野小町や清少納言……素敵な女たちが贈る可憐な言葉に酔いしれて、恋の切なさと嫉妬心をヒロインたちと共に今後も感じていたい。その世界の扉を少し開くだけで、自分の心が豊かになったような気さえすると、本棚からいろいろな作品を引っ張り出して、ページをめくりながら思うのであった。

◎本書は、東洋経済オンラインの連載「日本人が知らない古典の読み方」を大幅に加筆・修正し、まとめたものです。
◎本文中の原文は以下より引用しました。

『和泉式部日記　現代語訳付き』、近藤みゆき 訳注、角川ソフィア文庫、2003年
『和泉式部　コレクション日本歌人選006』、高木和子 著、和歌文学会 監修、笠間書院、2011年
『更級日記　現代語訳付き』、原岡文子 訳注、角川ソフィア文庫、2003年
『小野小町　コレクション日本歌人選003』大塚英子 著、和歌文学会 監修、笠間書院、2011年
『新版　枕草子』(上・下)、石田穣二 訳注、角川ソフィア文庫、1979・1980年
『マリアのうぬぼれ鏡』、森茉莉 著・早川暢子 編、ちくま文庫、2000年
『新注　古事談』浅見和彦、伊東玉美ほか 著、笠間書院、2010年
『新版　蜻蛉日記Ⅰ』(上・中)、川村裕子 訳注、角川ソフィア文庫、2003年
『源氏物語』(一・二)、柳井滋・室伏信助・大朝雄二・鈴木日出男・藤井貞和・今西祐一郎 校注、岩波文庫、2017年
『新版　伊勢物語』、石田穣二 訳注、角川ソフィア文庫、1979年
『とはずがたり』(上・下)、次田香澄 訳注、講談社学術文庫、1987年
『紫式部日記　現代語訳付き』山本淳子 訳注、角川ソフィア文庫、2010年
『竹取物語（全）　ビギナーズ・クラシックス　日本の古典』、角川書店 編、角川ソフィア文庫、2001年

【主要参考文献】

『枕草子』、池田亀鑑 校訂、岩波文庫、１９６２年

『小野小町追跡』、片桐洋一 著、笠間書院、１９７５年

『中世宮廷女性の日記「とはずがたり」の世界』、松本寧至 著、中央公論社、１９８６年

『女の中世　小野小町・巴・その他』、細川涼一 著、日本エディタースクール出版部、１９８９年

『色ごのみの文学と王権　源氏物語の世界へ』、高橋亨 著、新典社、１９９０年

『とはずがたり　古典の旅９』、富岡多恵子 著、講談社、１９９０年

『古典の森へ　田辺聖子の誘う』、田辺聖子・工藤直子 著、集英社、１９８８年

『平安朝の女と男　貴族と庶民の性と愛』、服藤早苗 著、中央公論社、１９９５年

『恋うた From 和泉式部日記』、夏樹葉 著、葉文館出版、１９９９年

『これで古典がよくわかる』、橋本治 著、ちくま文庫、２００１年

『かぐや姫幻想　皇権と禁忌』、小嶋菜温子 著、森話社、２００２年

『新版　蜻蛉日記Ⅱ』（下）、川村裕子 訳注、角川ソフィア文庫、２００３年

『王朝生活の基礎知識　古典のなかの女性たち』、川村裕子 著、角川学芸出版、２００５年

『和歌文学の基礎知識』、谷知子 著、角川学芸出版、２００６年

『和泉式部　人と文学　日本の作家１００人』、武田早苗 著、勉誠出版、２００６年

『王朝の恋の手紙たち』、川村裕子 著、角川学芸出版、２００９年

『平安朝の生活と文学』、池田亀鑑 著、ちくま学芸文庫、２０１２年

『中世尼僧　愛の果てに』、日下力 著、角川学芸出版、２０１２年

『誰も知らない「竹取物語」の真実　かぐや姫の罪』、三橋健 著、中経出版、２０１３年

『「枕草子」の歴史学　春は曙の謎を解く』、五味文彦 著、朝日新聞出版、２０１４年

『平安人の心で「源氏物語」を読む』、山本淳子 著、朝日新聞出版、２０１４年

『現代語訳　枕草子』、大庭みな子 訳、岩波現代文庫、２０１４年

『女たちの平安宮廷　「栄花物語」によむ権力と性』、木村朗子 著、講談社、２０１５年

La vita nuova, Dante Alighieri, M. Colombo (ed.), Feltrinelli, 2015

イザベラの古典入門ブックリスト

『古典文学読本』（三島由紀夫著、中公文庫、２０１６年）

三島由紀夫について多くを語る必要はあるまい。小説の一つや二つは誰でも一度は読んだことがある（と思いたい……）日本現代文学の大御所、彼の作品はどれをとっても素晴らしい。その三島さんが「コレお勧めですよー」と古典の世界にお誘いしてくれたらどうして断わることができようか。本作は三島の美意識を通して古典の魅力を綴ったエッセイや論評を集成したものだが、前書きにある次の文章は早速心に刺さる。

古典というと、万葉集、源氏物語、近松、西鶴というばかりが能ではあるまい。自分で読んで、自分の好みの古典を見つけるべきである。国文学者の常套的解釈などにたよって古典を評価しないこと。

著者が自らこんなことを言ってくれるのだし、このエッセイ集も好きなところから読み始めても良いではないか。『枕草子』、『伊勢物語』、『古今和歌集』や『雨月物語』など、次々と展開されていく明晰な分析に感動、思ってもみなかったような世界が目の前に広がる。引用文に対して著者の現代訳が一つもないのは悔しく思うかもしれないが、原文の響きをそのまま読者に堪能してほしいという意図が透けて見える。一生をかけても絶対に到達できない読み込みの深さに感服しながら、三島は書き手としてだけではなく、評論家として、そして読み手としても天才だったと思い知らされる。

『心づくしの日本語　和歌でよむ古代の思想』（ツベタナ・クリステワ著、筑摩書房、2011年）

『とはずがたり』をブルガリア語に翻訳して、世界に届けたあのツベタナ・クリステワ先生が日本の古典文学を読み解き、次々と新説を披露する。Yes か No かをはっきりさせない日本語、その曖昧さはよく非難され、日本語学習の壁の一つして取り上げられてきた。しかし、その特徴こそが、古典文学もさることながら、長年の蓄積によって築かれた日本文化を理解するために重要なカギであると本書に書かれている。〈曖昧さ〉をキーワードに、『竹取物語』、『万葉集』、『源氏物語』など、先生は様々な作品から例を挙げながら、古代の人々が持っていた感受性を徹底的に分析してみせる。たとえば、光源氏と藤壺の間にできた不義の子、若宮をめぐる歌の解釈について、従来の考え方を覆し、オリジナルな読みを提唱する。

和歌の意味は読み手次第、ただでさえ妄想気味な私だが、空想の可能性をさらに広げてくれる貴重な研究。

『源氏物語私見』（円地文子著、新潮社、1974年）

名高い国語学者・上田万年の娘だった円地文子が、文学に親しんで育ったということは容易に想像ができる。その素晴らしい環境は彼女の後の作家活動を方向付けることになるが、その影響が特に顕著にみられるのは『源氏物語』の現代訳なのではないかと思われる。その理解の深さといい、解釈の鋭さといい、そう簡単に身につけられるものではない。

本作は長い年月をかけて『源氏物語』の完訳を成し遂げた著者が翻訳作業に取り掛かっている最中に書き留めた感想などを集めたもの。『源氏物語』と戦っているときに、円地文子本人の部屋にお邪魔して、仕事場を覗いているような感じで、もう贅沢そのものである。

憑霊の能力はなぜ六条御息所にだけ与えられているのか、葵上と弘徽殿《こきでん》の大后はなぜ和歌を一つも詠んでいないのか、空蝉には紫式部本人の面影が隠れているのか……『源氏物語』をこよなく愛して、長らくお付き合いしないと辿り着けない着想がたくさん。発表からかなりの年数が経ってしまっているが、流れるような文章はそれをまったく感じさせない。一条天皇と定子の悲運を描いた『なまみこ物語』（新潮社、1972年）とセットで読むとなお良い！

『カラダで感じる源氏物語』（大塚ひかり著、ちくま文庫、2002年）

「『源氏』は濡れるし、たぶんたつ。エロ本としても十分、実用的なのだ」と堂々と書かれているが、この一文を読んだとき誰でも複雑な気持ちになるだろう。さらに読み進めると、ゲイ疑惑や拒食症、ストレスやエロスなど、儚くて美しい、あはれに溢れているはずの『源氏物語』の世界が急速にリアリティ溢れるものに見えてくる。しかし、その実にユニークな読み方は『源氏物語』の持つ素晴らしい本質を損なうどころか、それをなお一層際立たせる。リアルタイムで読んでいた人たちは、ほの暗いところに住み、自然に耳を傾けて生活を営み、私たちよりずっと五感が鋭かったはずだ。大塚ひかりは『源氏物語』の中に隠れている〈カラダ〉をあますところなく暴き出し、鈍感になった現代人のために優しく解説してくれている。

『源氏の男はみんなサイテー』(筑摩書房、2004年)、『本当はひどかった昔の日本 古典文学で知るしたたかな日本人』(新潮社、2014年)、『女系図でみる驚きの日本史』(新潮社、2017年)なども一緒にどうぞ。

『マリアのうぬぼれ鏡』(森茉莉 著・早川暢子編、ちくま文庫、2000年)

古典とは一切関係ないが、どうしてもお勧めしたい一冊。一言でいうと、この本は編集者早川暢子が織りなす新感覚の「森茉莉語録」である。多くのエッセイから、贅沢、幸福、恋愛、お洒落など、いくつかのテーマに関連する名言を掬《すく》い上げ、一冊にまとめている。

どのような人生を送ればこういう感覚が生まれるのか、サプライズと感動に満ちた文章と次々に出会える不思議な本。美味しいもの、美しいもの、楽しい思い出、毒舌も優しさもあり、そして森茉莉の鋭い目線を堪能できるというのは何よりも楽しい。ちっとも古びない語りに誘われて、出典のエッセイを探したくなることもしばしば。清少納言と同じように、マイウェイを貫き、周りがなんと言おうと黙っていられない感じがたまらない。茉莉ワールドの入門書として最適。

『恋する伊勢物語』（俵万智 著、ちくま文庫、1995年）

毎年7月6日にサラダ記念日ごっこをするくらい、俵万智の信者だと勝手に名乗っているこの私のことなので、こちらの解説本をお勧めしないわけにはいかない。

古典はただでさえ難しいのに、ここぞとばかりに和歌が必ず出てくる。解読に取り掛かろうにも、言葉一つひとつに施されている仕掛けに惑わされて意味がわからなくなり、そもそも下敷きになっている本歌を知らないと楽しさと理解が半減する。ギブアップしたい気持ちが早くも芽生えてくるのも無理はない。しかし、俵万智の手にかかると、何もかもが簡単に見えてきてスッキリ。

こちらのエッセイ集は『伊勢物語』を扱っているだけに、恋する人々がたくさん出てくる。そこに登場する彼ら彼女らの言葉を通して、著者は自らの体験談を交えながら男女の本心を探る。身分制度も、価値観も、言葉の壁も、そんなのを軽く飛び越えて、昔の人たちと心が繋がる錯覚を覚える一冊である。この前イイ感じだったのに、なんで連絡がこないんだろうと待ちわびたことは私だって、あなただってあるはず。

『愛する源氏物語』（文藝春秋、2003年）や『百人一酒』（文藝春秋、2003年）も併せてぜひとも手にとっていただきたい。

おわりに

未だに半信半疑だが、若くて、かわいい編集者から「あとがきを書いてください」、とのお達しが来たので、どうも本当らしい。私のいたずら書きが、なんと一冊の本になるではないか！

本書は、2015年7月から「東洋経済オンライン」でゆるりと連載させていただいている「日本人が知らない古典の読み方」の一部の内容を、加筆修正したものだ。書き直しているうちに、公開されている文章と書き下ろしの文章がちょうど半々という具合になり、幾人かの平安女子の言葉に耳を傾けながら、どう頑張ろうとうまくいかない恋愛についてあれやこれやと妄想する構成となった。

連載が始まってから、「コテンのイザベラさん」と勘違いされることが多くなったが、私は専門家でも研究者でもなく、ただの古典愛好家に過ぎない。なので、知識を身につけたいとか、テストの点数を上げたいとか、もしそのような立派な目的でこの本を手に取っているのであれば、棚に戻していただいたほうが良さそう。ただし、役に立つものではないことは重々承知しているものの、物語が好きな方にはそれなりにご興味を持っていただけるような内容になっているかな……という微かな希望を抱いている。

そもそも古典文学に関するコラムを始めたきっかけは偶然の巡り合わせだった。

2014年の年末、帰国する予定もなければ、遊んでくれる人もいなくて、一人寂しく年越しをするはずだった。ところが、引きこもる準備をしている最中に、友人から知り合いの夫婦と4人で山に遊びに行かないか、と嬉しいお誘いが舞い込んできた。山の麓でホットワインを飲みながら読書に耽る自分……という優雅なイメージが頭をよぎり、その甘い誘惑が初対面の夫婦と部屋をシェアする不安をはるかに上回ったので、二つ返事でOKした。

結果的にホットワインを飲むどころか、全身筋肉痛になるような過激なスキーのトレーニングを受ける羽目になったけれど、それでも4人で過ごしたあの数日間は一生の思い出となった。親交を深めているうちに、何気なく古典文学に対する偏愛を白状してしまい、記者の仕事をしている奥さんは、編集者を紹介するからそれを書いてみてと、なぜか私のヘンテコな切り口に興味をもってくれた。まさか、そんなことがあるとは……、と冗談半分で原稿を書いてみたら、本当に編集者を紹介していただき、本当に掲載していただく運びとなった。

とはいえ、「東洋経済オンライン」は真面目なニュースサイトなので、私が書くような地味なコラムなんてすぐ中止になるだろうと思いつつ、原稿を送り続けてきた。しかし、驚いたことに切られることもなく、ときにはささやかな反応をいただくことすらあった。もちろん編集者の腕前と優しさが大いに関係しているが、それ以外にもう一つの理由があると思う。それはやはり、古典文学は今でも生きているからだ。

古典文学に親しむというのは容易いことではない。言葉も文法も違うし、下敷きになっている文化も生活習慣も異なり、文脈がわからないと本来の意味には到底辿り着けない。外国人である私にとって、そのハードルはさらに高い。それでも読みたい。だって、面白いんだもん。

ムラサキシキブという名前をはじめて耳にしたのは、今から20年以上も前、ヴェネツィア大学の入りたてほやほやの1年生のとき。日本文学Iの講義を受けるために、教室代わりに使われていた劇場の中にいたと思う。かつて観客が使っていた座り心地の悪い折り畳み椅子に学生が腰かけ、スクリーンが置かれていたところに先生が立っていた。その教室は常に薄暗かったが、平安のレディスたちにぴったりな雰囲気だったとも言える。必死に生きて、必死に恋している平安女子は私たちと似ているところがたくさんある、それに気付いたときの感動は今でも鮮明に覚えている。そしてそのとき胸に渦巻いた感情と驚きを求めて、私はまたしても様々な作品のページをめくり続ける。

これまで温かく見守って下さった方々の後押しと協力のなかりせば、この気まぐれ書きが日の目を見ることも決してなかったと思う。心から感謝を申し上げるとともに、私の稚拙な文章が何かに必死に頑張っている皆様の気晴らしになればと強く願っている。

イザベラ・ディオニシオ

イザベラ・ディオニシオ
Isabella Dionisio

1980年、イタリア生まれ。ヴェネツィア大学で日本語を学び、2005年に来日。お茶の水女子大学大学院修士課程（比較社会文化学日本語日本文学コース）修了後、現在まで日本で翻訳者および翻訳プロジェクトマネージャーとして活躍。著書に『女を書けない文豪《オトコ》たち』（KADOKAWA）、『悩んでもがいて、作家になった彼女たち』（淡交社）がある。

平安女子は、みんな必死で恋してた
イタリア人がハマった日本の古典

2020年7月 9 日　初版発行
2024年3月13日　3版発行

著　者　イザベラ・ディオニシオ
発行者　伊住公一朗
発行所　株式会社 淡交社
本社　〒603-8588 京都市北区堀川通鞍馬口上ル
営業　075（432）5156　編集　075（432）5161
支社　〒162-0061 東京都新宿区市谷柳町 39-1
営業　03（5269）7941　編集　03（5269）1691
www.tankosha.co.jp
印刷・製本　シナノ書籍印刷株式会社

ISBN 978-4-473-04407-5